LA

FILLE DE DIEU

OU

L'HÉROINE DES PYRÉNÉES.

LA FILLE DE DIEU, OU L'HÉROINE DES PYRÉNÉES;

NOUVELLE HISTORIQUE,

Par Madame B*****.

> Jetée dans la vie sans autre protection
> que sa vertu, elle expira, jeune encore,
> après avoir épuisé la coupe du malheur.

PARIS,
Au Bureau de l'Agence Bibliographique et Littéraire,
rue des Fossés-St.-Germain-l'Auxerrois, n° 4.

1821.

IMPRIMERIE DE BRASSEUR AINÉ
rue Dauphine, n. 36.

AVERTISSEMENT.

La Fille de Dieu que je présente aujourd'hui au public, n'est point tout-à-fait l'ouvrage de l'imagination. Cette Fille a existé dans les Pyrénées Je la fais paraître sur un plus grand théâtre ; je la fais lutter contre un homme riche et vicieux, et même contre l'amour qu'elle ressentait pour lui.

Qu'on ne me reproche pas de rappeler des scènes révolutionnaires, de réveiller des souvenirs douloureux. Pourquoi ne le ferai-je pas ? Ne sommes-nous pas entourés de gens insensés, qui regrettent où désirent ce temps affreux. Eux seuls trouvent mauvais qu'on en parle, ils craignent qu'on ne divulgue la pensée de leur cœur, c'est précisément parce qu'ils ont cette frayeur que nous devons en parler et en parler si haut, que les méchans soient forcés de laisser avorter leurs projets.

LA FILLE

DE

DIEU.

Le dernier jour de janvier de l'année mil sept cent soixante-quatorze, le vieux Curé du pauvre hameau de Lordat, qui se trouve sur le revers de la montagne la plus aride et la plus élevée, entre Ax et Puycerda, revenait avant l'aube du jour d'administrer un malade à une lieue de son village; il trouva sur un tas de neige une petite fille toute nue qui avait à-peine l'existence : elle était enveloppée d'une peau d'ours, qui la garantissait peu du froid rigoureux de la saison.

La première pensée du Curé fut de la porter chez lui et de la faire nourrir... mais la seconde lui arracha un soupir;

hélas ! à-peine avait-il de quoi se nourrir lui-même ! Son bon cœur et sa prudence lui suggérèrent à l'instant une excellente idée : ce fut de rassembler les paroissiens dans l'église, et de mettre l'enfant sous leur protection ; trois ou quatre cents paysans, misérables à la vérité, pouvaient bien nourrir une petite créature : heureusement c'était un dimanche (car avec les pauvres, il faut tout calculer) : il pouvait donc, sans les détourner de leur ouvrage, exécuter son projet. Il était bien matin pour les appeler à l'église ; mais au village, on est matinal, et partout le malheureux quitte sa couche de bonne heure. Le bon Curé, plein de zèle en faisant toutes ses reflexions, court à l'église ; sonne lui-même l'unique cloche du village, et quand il croit que tous ses paroissiens l'ont entendu, il va les attendre, prosterné au pied du Maitre-Autel, de bois vermoulu, qui ornait la misérable église ; et là, dans l'effusion d'un cœur rempli de charité, il compose le simple discours qu'il doit faire à ses paroissiens; il recommande à l'Éternel la cause de l'enfant abandonnée.

Cependant tous les villageois sont dans l'étonnement d'entendre la cloche avant l'heure accoutumée : ce n'est pas l'Angelus ? non..... Ce n'est point le tocsin pour annoncer le feu ? Ils sont déjà si malheureux !.... Dieu voudrait-il les accabler tout-à-fait ?... Non.... il est trop bon !.. il est trop juste!... ce n'est point non plus le tintement qui présage un agonisant ?.. Hier soir, ils ont laissé tous voisins bien portans... ils courent tous à l'église pour s'instruire avec leur Curé de la cause de cet appel ; ils le trouvent en prières ; ils prient aussi. Quand le Pasteur voit son troupeau rassemblé autour de lui, il leur raconte ce qui vient de lui arriver : « Je ne doute point, » continua-t-il, que cette pauvre petite » créature ne soit l'enfant de Dieu :

» comme il nous l'envoie miraculeuse-
» ment, nous ne pouvons la repousser sans crime : il faut donc, mes chers frères, la recevoir comme un présent du Ciel : vous la nourrirez, comme si elle appartenait à chacun de vous ; et moi, malgré ma misère, je ferai ce que je pourrai, en partageant le fardeau, il sera moins lourd ; et nous en recevrons la récompense dans ce monde et dans l'autre.

Les paysans émus, entraînés par l'éloquence rustique du respectable Curé, assurent que l'enfant de Dieu sera le bien venu ; qu'il sera soigné comme les leurs. Le Pasteur satisfait, fait lever la grande croix de cuivre ; et, suivi de tous ses bons paysans, il va processionnellement chercher sa Fille de Dieu ; la femme la plus âgée la prend dans ses bras ; on revient à l'église pour lui administrer le baptême ; tout le village lui sert de parrain et de marraine ; elle est ondoyée et nommée Marie. On entonne le *laudate*, pour remercier le Ciel du trésor qu'il leur avait confié. Le Curé inscrit l'enfant sur le registre (Marie Fille de Dieu); signe son nom; les villageois ne sachant point écrire, font une croix : il y en a quatre cent cinquante.

Les devoirs religieux remplis, on va au presbytère, on allume un grand feu de paille, de branches et de feuilles sèches.; on réchauffe, on examine l'enfant; sa beauté naissante double l'attendrissement qu'avait excité sa position : les larmes coulent de tous les yeux, et chacun répète au fond de son cœur la promesse qu'il a faite à Dieu et au Curé.

Pendant que Marie suce avec avidité un lait bienfaisant, le Curé et les plus anciens du village, visitaient avec la plus grande attention la peau d'ours. On n'y trouva qu'un papier de soie où étaient écrits ces mots : « enfant de Dieu, abandonnée pour jamais à la providence ! » Vous le voyez s'écria le Curé, c'est bien la Fille du Ciel, c'est bien l'enfant de sa providence ! nous devons la bénir de nous avoir choisis pour élever parmi nous sa Fille bien-aimée !

Après que tout le village eut admiré ce divin papier, car ces pauvres villageois ne se doutaient pas qu'on pût en faire d'aussi beau sur la terre, on le renferma dans un vieux reliquaire avec l'extrait de baptême. Chaque mère fournit une pièce de la petite layette. Il fut décidé que toutes les nourrices du village l'allaiteraient à leur tour ; et certes, il n'en manquait pas ; cette année avait été des plus fécondes. Marie, nourrie de ce lait pur et abondant, croissait à vue d'œil ; bientôt elle grandit ainsi au milieu de la misère et de la tendresse de tous. Elle était respectée comme ayant une origine céleste : dans toutes les chaumières, Marie trouvait un grabat, un morceau de pain noir, du lait et des légumes ; chacun fournissait à son habillement simple et grossier ; le jour qu'elle passait dans la chaumière d'une de ses nourrices, était regardé comme un jour de bénédiction ; on ne manquait pas d'attribuer à sa présence les petits événements heureux qui se passaient pendant qu'elle était là. Ces crédules paysans finirent par mettre à sa présence chez eux une idée superstitieuse.

Le Curé, qui l'aimait comme sa fille, l'instruisait dans la morale évangélique ; il lui apprit à lire, à écrire en latin et en français ; il l'éleva surtout dans une grande reconnaissance pour le bienfait qu'elle avait reçu de ses paroissiens.

L'âme généreuse de Marie se nourrissait de cette vérité ; et ne pouvant mieux faire, elle priait sans cesse le Tout-Puissant de bénir ses bienfaiteurs. Marie était toujours exaucée. Ces pauvres gens ne demandaient que des choses si justes et si simples !.. Tout le village l'aimait et la révérait comme un ange terrestre ; c'était une plante qu'ils avaient vue croître au milieu d'eux ; c'était leurs soins qui l'avaient fécondée : l'habitude, cette seconde nature, les biens qu'ils croyaient recevoir d'elle par ses prières, la leur avait rendue plus chère que leur propre enfant ; ils les auraient tous sacrifiés pour conserver Marie ; puis elle était si belle !... sa seule beauté lui aurait attiré tous les cœurs : le bon Curé soupirait en voyant sa barbe grise et sa tête chauve ; « mon Dieu ! pensait-il, que va devenir cette pauvre fille abandonnée, quand je serai descendu dans la tombe ?... » sa beauté lui sera fatale !.. saura-t-elle résister aux pièges que l'on tendra à sa vertu ?... elle est si innocente !... Eve a bien succombé !... le serpent tentateur a donné son langage séducteur à tous les hommes, qui se font un mérite de séduire l'innocence et la beauté. ... Qui pourra donc la défendre des attaques des méchants ? ce ne sera point les hautes montagnes, ni les pics sourcilleux qui nous entourrent.... le méchant n'a-t-il pas des yeux de lynx pour découvrir la beauté ?... ne sait-il pas tendre ses filets partout où il peut perdre l'innocence ?... Mes paroissiens sont si simples, qu'ils ne sauront pas préserver Marie !... faut-il que je leur apprenne le mal qu'ils ignorent ?... faudra-t-il que je trouble aussi l'âme paisible de Marie, en l'instruisant d'une science infernale, et qui peut-être aurait quelques charmes pour elle ?... non !.... je ne puis commettre cette faute !... faire un mal réel pour en éviter un, peut-être imaginaire ; l'avenir nous appartient-il ? d'ailleurs, Marie prendra sa force d'elle-même quand le moment de la tentation arrivera : elle croira, comme mes pauvres paysans, qu'elle est d'une naissance divine. Qui me prouvera en effet qu'elle n'est point la Fille de Dieu ? tout me prouve au contraire, que cette fille extraordinaire tient plutôt du Ciel que de la terre ; n'est-elle pas plus belle que toutes les femmes que j'ai vues ? a-t-elle un seul défaut qui la rapproche de nous ? toutes ses prières ne sont-elles pas exaucées ? veut-elle jamais jouer avec les enfants du village ?.. Elle prie, malgré qu'elle soit dans la plus tendre enfance.. D'ailleurs, n'est-elle point tombée comme des nues au milieu de nous ?..... Ai-je vu sur la neige la trace des pieds de ceux qui l'avaient déposée ? pourquoi ne seraient-ils pas venus me l'apporter chez moi ?.. Ah ! bien sûrement, Marie est la Fille du Ciel !... Et le bon Curé, à force de le répéter à ses bons paysans, qui n'en n'avaient jamais douté, et à Marie qui s'en glorifiait, étaitparvenu à se le persuader à lui-même ; et plus Marie grandissait en grâces et en beauté, plus le Curé redoublait ses instructions, qui se rapportaient toutes à la confirmer dans la croyance de sa céleste origine.

Persuadé du grand bien qui devait résulter de cette opinion, il suivit ce système avec persévérance; il ne négligeait aucune occasion de le répéter.

Le dimanche, Marie assise sur une escabelle, en face la chaire de sapin, écoutait attentivement les simples homélies du bon Curé, qui finissaient toujours par ces mots : O vous! qui êtes la Fille de Dieu! retenez bien les leçons de ce divin Père!.... il vous parle par ma bouche! Son fils fut un modèle parmi les hommes tout le temps qu'il habita parmi eux...... Sans doute vous êtes destinée à opérerquelque grandeœuvre qui étonnera le monde!.... glorifiez-vous de votre origine!.... Que vos actions tiennent plus du Ciel que de la terre! En attendant que vous retourniez dans votre véritable patrie, priez pour nous qui avons soigné votre vie mortelle!

Marie relevait alors sa tête ; la certitude d'être au-dessus des autres avait imprimé sur son front une fierté qui avait donné plus d'éclat à sa beauté !...., sa beauté !.... Marie, mère de Dieu, souriant aux anges qui l'entourent, ne pouvait lui être comparée !.... Elle était mille fois plus belle !.... Ses yeux ! ses superbes yeux noirs s'élevaient avec confiance vers sa céleste patrie !.... Son bavolet de grosse toile jaune devenait aux yeux du bon Curé et de ses paroissiens aussi éclatants qu'un diadême de rubis et de diamans !.... Les boucles de ses cheveux blonds qui tombaient sur ses épaules ressemblaient à une forêt de fils d'or, et plus déliés que les fils d'araignée. Sa robe de bure leur semblait un manteau royal, son fichu de coton bleu une écharpe d'azure.... Ah ! quelle leur paraissait belle alors, la Fille de Dieu ! Priez ! priez pour nous !.... s'écriaient les montagnards ; et la Fille abandonnée, d'un air plein de majesté, s'approchait de l'autel; sa démarche était gracieuse et belle; chacun de ses pas semblait donner naissance à mille petits anges qui s'empressaient d'étendre sous ses pieds nuds les fleurs que les villageois jetaient devant elle!.... Au pied des autels, les bras étendus vers le Ciel, Marie priait pour tous, avec autant de ferveur et de bonne foi, que si elle n'avait eu besoin de rien pour elle-même; elle priait avec toute la foi d'une intelligence céleste, et avec tout l'abandon d'un cœur reconnaissant, certaine qu'il ne peut payer autrement les soins qui lui ont été prodigués.

Pendant sa prière extatique, les villageois restaient prosternés, persuadés que la cour céleste descendait sur l'autel pour admirer et exaucer une créature digne de rivaliser de beauté et de vertus avec les chérubins.

Pendant ce temps, le Curé remerciait Dieu de lui avoir inspiré la seule idée qui peut garantir son enfant chérie de la séduction à venir ; il ne bornait pas là ses soins ; tous les soirs, retiré dans son presbytère, devant le foyer à demi éteint, à la lueur d'une chandelle de résine, il lui faisait des lectures pieuses ; et après avoir fermé son livre, il lui répétait : Comme Jésus, mon enfant, vous serez tentée par l'esprit infernal... — Eh ! comment me tentera-t-il ? demandait la timide Marie en frémissant de terreur. Il n'osait lui parler des œuvres de la chair ;... mais répondait-il enfin, comme il a tenté Jésus par de brillantes promesses, lui, qui était homme, il l'a tenté par l'ambition ;... il lui fit voir tous les royaumes du monde... Mais Jésus qui était le roi du Ciel, rejeta ses offres avec mépris.. Une autre fois, Jésus mourant de faim, Satan lui offrit des mets succulents, mais il les repoussa avec indignation, et les Anges servirent une manne céleste. Ah ! s'écriait Marie, je serai aussi forte que lui... je prouverai aux anges et aux hommes que je suis digne d'être la Fille de Dieu !..Satan, reprenait le Curé, ne vous tentera pas par l'ambition, parce que vous êtes une femme ; mais il fera en sorte de vous faire succomber par la vanité.... Se présentera-t-il à moi? demandait la tremblante Marie. — Oui, mon enfant. — Eh ! Quelle forme prendra-t-il ?—celle du plus bel homme du monde. —Hélas ! à quelle marque pourrai-je le reconnaître?... Si je lui voyais seulement le bout de ses cornes !... ou son pied de bouc !. — Non, mon enfant !.... Vous ne verrez rien de tout cela ;... mais vous verrez ses yeux briller d'un feu impur !.. Son regard sera étincelant !... il vous brûlera, il vous fixera à votre place !.. car il sera plus ardent que des charbons !.... Votre cœur battra violemment !... Lui-même sera agité tremblant !... Il tâchera de vous toucher la main, de tomber à vos genoux;... il voudra les embrasser... il voudra baiser vos pieds !... Mais gardez-vous bien de le souffrir !.... sa main infernale dessècherait la vôtre !... ses bras brûleraient vos genoux !... en baisant vos pieds, le souffle impur de sa bouche, ferait couler dans vos veines un venin qui ferait fermenter votre sang et vous rendrait comme folle !.. Surtout, ma chère enfant, ne croyez pas un mot de tout ce qu'il vous dira ;..... s'il vous dit que vous êtes belle, fuyez..... La beauté peut flatter une mortelle !..... Mais vous ! qui êtes la Fille de Dieu ! pouvez-vous l'être assez ? — Et quand il verra que je n'écoute pas ses mensonges ;... que je jette sur lui des regards de mépris ;... que je m'enfuis dès qu'il veut me toucher,..... restera-t-il tranquille ?—Hélas ! non, mon enfant ; alors il vous offrira de l'or, ... il étalera devant vous des joyaux,.... des robes magnifiques,... aussi belles que celles que porte la sainte Vierge. Maintenant vous ne pouvez en juger, le laps du temps les a abimées : mais si vous les aviez vues, il y a 60 ans, elles vous auraient éblouie !... Il vous offrira encore des équipages, des domestiques,... des pages même. — Qu'est-ce l'or ? — de l'or ?... Je ne sais trop : je crois que c'est un cuivre précieux que je n'ai jamais vu ; mais j'ai entendu dire, que personne n'y résistait :.. pas même les rois !... Il y a des femmes qui changent la place qu'elles devraient occuper dans le Ciel pour avoir de cet or !.. Mais vous, ma Fille, vous serez bien plus forte qu'elles, étant la Fille de Dieu !.. vous ne pourrez, comme Esaü, changer votre héritage céleste, contre un vil métal ! — Une chose m'inquiète encore ; la marque à laquelle vous m'avez dit que je reconnaîtrais le démon, ne me paraît pas suffisante : la première fois, il est possible que je fasse injure à un honnête homme. — Oh !.... oh !.... vous n'avez pas à vous y tromper :... un honnête homme ne vous offrira rien ;... il ne vous parlera que mon langage :.... d'ailleurs, l'Ange qui veille sur vous, vous le fera aisément distinguer : et alors préférez la mort au malheur de succomber ;... car tous les maux que vous souffrirez dans ce monde, ne sont que des maux légers, en comparaison du gouffre de l'enfer, où votre Père céleste ne manquerait pas de vous précipiter !.. Que de tourments !... que de douleurs, mon enfant !...

Le bon Curé versait des larmes et continuait ainsi : non !... vous serez assez sage, assez forte pour triompher ! vous quitterez cette vallée où vous vivez dans la misère, pour aller vous asseoir triomphante à côté de Jésus !... vous aurez la lune sous vos pieds !.... une couronne de douze étoiles sur la tête !... une robe de vapeur d'azure !... de la modeste place où je serai alors, j'invoquerai, j'éleverai mes bras vers vous, et vous en aurez le droit, étant la Fille forte, la Fille bien-aimée de Dieu!... je ne demanderai des secours que pour le triste et malheureux troupeau que j'aurai laissé sur la terre!. A son tour Marie versait des larmes de joie et d'espérance : elle promettait au saint homme de fuir le mal qu'elle ne connaissait pas, et des hommes qu'elle n'avait jamais vus!. Les paroles du Curé mille fois répétées, se gravèrent si bien dans l'âme de Marie, que rien ne fut capable de les lui faire oublier, comme nous le verrons par la suite.

Dans la chaumière que l'on appelait le presbytère, Marie trouva un volume d'Agnès du saint Amour, les Extases de sainte Thérèse, les Solliloques de Marie à la coque, les Tentations de saint Antoine, les Souffrances volontaires de saint Simon, le stylite, les Visions de saint François d'assise, le Martyrologe, etc., etc.

Ces lectures, jointes à la ferme croyance de son origine divine, achevèrent d'enflamer une imagination naturellement ardente, et de rendre ferme et inébranlable un caractère déjà fort. Comme tout était pur dans Marie, elle ne devait jamais fléchir ; si l'on avait voulu former une fille pour opérer une révolution, soit dans l'église, soit dans l'état, en voulant agir sur l'imagination du vulgaire, l'on n'aurait pu mieux suivre une marche plus sûre ; elle aurait plutôt fait une Jeanne-d'Arc, qu'une Agnès Sorel ; une Débora qu'une Sémiramis ; son imagination devait plutôt la guider que sa prudence, et cependant le bon Curé n'avait eu d'autre motif que de la sauver des séductions que sa beauté, que son isolement dans le monde pouvaient lui susciter. Il finit comme un autre *Pigmalion*, il admira son ouvrage.

Comme nous l'avons dit plus haut, la

solitude, ces lectures, la foi que tous les paysans avaient pour elle, fournirent un aliment à son ardente imagination, elle s'y livra sans réserve; et bientôt, comme une autre *sainte Thérèse*, enivrée d'un saint transport, elle crut voir son Père céleste se manifester à elle pendant la nuit dans ses songes, ou bien, quand elle priait au pied de l'autel pour les malheureux habitants du hameau. D'autres fois, saisie d'un saint enthousiasme, elle distribuait la parole de Dieu aux villageois, et le Curé devenait auditeur à son tour.

Les paroles de Marie étaient de feu, et le Pasteur avouait avec les paroissiens qu'il n'avait jamais si bien dit; aussi se reposa-t-il sur Marie de prêcher la parole de Dieu, d'exhorter les malades à la mort; la sainteté qui éclatait sur le front de Marie, la tournure pathétique de ses phrases, engageait le moribond à mourir avec joie. Hélas!... qu'avait-il à regretter sur la terre?... elle faisait supporter à ceux qui survivaient le fardeau qui accablait leur vie, et c'était bien une œuvre miraculeuse de sa part !... La Fille de Dieu avait seize ans ; il n'était bruit dans les environs et dans les hameaux éloignés de ces montagnes, que de sa sainteté ; le misérable village qu'elle habitait la regardait comme un trésor si précieux, qu'il l'aurait défendue contre le Ciel et l'enfer même.

La révolution avait éclaté depuis quelque temps en France, qu'on ne se doutait pas, dans ce séjour isolé, des excès horribles qui avaient changé le système politique que la France régénérée avait cru devoir adopter pour son bonheur ; des hommes diaboliques tuaient ou égorgeaient au nom de la liberté et de l'égalité ; ils avaient renversé le trône et tenaient captif le meilleur des Rois, qui priait et qui gémissait pour un peuple égaré. Ils avaient brisé les saints autels ; sur leurs débris, ils avaient élevé des statues infernales décorées du nom des vertus qu'ils prophanaient eux-mêmes en commettant toutes sortes de crimes.

Tous les peuples voisins de la France étaient en tumulte : le cri de guerre avait été poussé et respecté dans toute l'Europe avec un égal acharnement ; le sang coulait au-dedans et au-dehors, et excitait la soif des méchans !...

La France honnête, la France royaliste, pleurait sur ses propres malheurs, sur la captivité de son Roi, prince vertueux et ami de son peuple !...

Pendant que la foudre des passions révolutionnaires éclatait de toutes parts, le modeste hameau qu'habitait Marie était calme et tranquille.

Le Curé et ses habitans, comme nous l'avons dit, ne se doutaient pas même que la France fût bouleversée ; éloignés des villes, sans besoins, sans rapports avec les grands du siècle, comment auraient-ils su que l'ange de la dévastation dépeuplait la France?..

Le Curé, étant assis un matin sous un mûrier que frappaient les pâles rayons du soleil d'automne, feuilletait lentement son breviaire; il y vit avec surprise et chagrin qu'un synode annoncé et auquel il ne pensait plus, était au moment d'têre terminé; honteux de sa négligence et de son oubli, il se décida à partir sur-le-champ pour Pamiers; pouvait-il faire autrement? comme le plus pauvre, ne devait-il pas encore se présenter le premier devant son évêque?. recevoirde sa main de nouveaux règlements?... Une autre idée se présenta à lui; il se flatta de parler à l'évêque de sa chère Fille, qui voudrait la voir; qu'il obtiendrait pour elle au moins une abbaye royale, et que dans ce poste élevé, non-seulement elle éviterait les séductions, les piéges qui seraient tendus à sa beauté, mais que par sa sainteté, ses extases, ses discours, elle convertirait la ville et la cour; et qu'enfin elle régénèrerait la

France. — Stimulé par cette belle perspective, le bon Curé abandonna son murier et se disposa à partir ; il quitta ses sabots, mit ses souliers de peau rousse, avec ses boucles de laiton, ses bas et ses culottes de laine brune, sa veste et sa soutane de bure, son grand chapeau, et prît son bâton blanc ; il bénit sa Fille de Dieu, lui recommande les bons villageois pendant son absence, qui sera de trois semaines, et part sans autre bourse que l'hospitalité qu'il espère trouver dans les maisons qui seront sur sa route. — Après huit jours de marche, il arrive à Pamiers ; mais à peine y a-t-il mis les pieds, qu'il est arrêté et conduit dans une prison, où il se voit environné de cinq ou six cents personnes très-étonnées de le voir dans le costume de prêtre proscrit depuis si long-temps !.. Mais leur étonnement et leur pitié redoublent quand ils s'aperçoivent de l'ignorance du Curé ; on lui fit connaître l'affreuse vérité. Ce pauvre homme fut si frappé de tout ce qu'il entendait, qu'il se sentit prêt à mourir ; sa pensée se tourna vers Marie ; avant de quitter la vie, il voulut lui écrire ; il demanda de l'encre et du papier ; le féroce gardien voyant partout des perturbateurs du repos public, ou des agens de Pitt, lui donna ce qu'il demandait, espérant y trouver le nœud d'une grande conspiration, et qui pourrait bien faire sa fortune.

Ce bon Curé écrivit donc à Marie la persécution qui désolait l'Église et la France ; il lui apprit son arrestation, lui recommanda ses paroissiens, lui rappela son origine céleste, lui enjoignit de prier son Père d'empêcher que l'impiété prévalût ; elle seule pouvait dans cette tourmente sauver le vaisseau de l'Église ; il la suppliait de ne pas démentir sa divine naissance, puisque sa céleste famille, le Ciel, les anges, les saints et les hommes, avaient les yeux attachés sur elle; il finissait en lui disant un éternel adieu : je suis mortel, continuait-il, et mon âme ne peut supporter l'ennui de tant de calamités !.. Je vais vous attendre dans votre héritage, où j'espère que la miséricorde de votre Père, les mérites de Jésus me feront entrer.

Épuisé de douleur, ce brave homme mourut quelques heures après, sort envié par tous les prisonniers qui n'attendaient que l'échafaud !... Le cruel geolier après avoir reçu la lettre du Curé, s'était empressé de la porter au représentant du peuple, qui faisait gémir ces malheureuses contrées de son pouvoir sanguinaire...

Cet homme nommé Céoli, était un moine apostat, son esprit jusqu'au moment où des retraites religieuses avaient été ouvertes, s'était nourri à l'ombre du cloître de l'athéisme le plus effréné; sa profonde connaissance des livres sacrés, s'était tournée contre lui-meme, et l'avait conduit à un égarement de raison difficile à décrire; la révolution avait ouvert à ce méchant un vaste champ pour satisfaire tous les vices, qui depuis long-temps dormaient dans son cœur; ce tigre altéré de sang, déchirait sans pitié les innocentes victimes qui tombaient dans ses mains; au milieu du libertinage le plus crapuleux, il joignait une soif insatiable pour répandre le sang; son cœur d'acier forgé et rebattu par Satan, était inaccessible à la pitié; jamais un sentiment doux et sensible ne l'avait effleuré; de l'amitié?... il ne connaissait que le bonheur de la trahir!... de l'amour filial? que l'ingratitude!... de la Religion? que les sacrilèges!... de l'amour?... que la brutalité!... Il ne se reposait des crimes qu'il commettait sans relâche qu'en en commettant de plus horribles encore.—Cet homme infernal était cependant le plus beau des hommes; depuis *Alcibiade*, la nature n'avait point formé un être aussi parfait, et je ne sais même si ce superbe Grec, aurait pu rivaliser avec lui ; enfin jamais plus belle enveloppe n'avait caché une âme aussi vicieuse : ce méchant homme avait trop d'esprit, trop de connaissances pour ne pas voir que la lettre qu'on lui présentait avait été écrite par un prêtre simple et superstitieux, et qu'elle était adressée à une fille plus simple et plus superstitieuse encore ; son premier mouvement fut de regarder cet écrit comme très-insignifiant ; mais bientôt le germe du mal lui désignant un nouveau crime à commettre, il déclara que le village de Lordat était mis hors la loi, et que lui-même irait y mettre le feu.

Comme un autre Néron, il voulait jouir de ce spectacle bien digne de son horrible cœur, ses sanguinaires occupations l'en empêchèrent pendant plus d'un mois.

Pendant que le jacobin méditait ce crime, Marie, avec tout le village formait mille conjectures plus sinistres les unes que les autres, quand elle s'aperçut que l'époque du retour du Curé était passé depuis long-temps, et chaque jour redoublait leurs inquiétudes. Comment faire pour s'éclairer sur le sort du Curé?... non-seulement les villageois ne savaient pas son nom, mais ils ne connaissaient pas plus, celui de la ville où il avait été. Il n'y avait d'autre ressource que de prier; Marie ne quittait pas le pied de l'autel, à force de prier, il lui sembla voir le Curé dévoré par un loup; elle rassemble tous les paysans, et avec toute la foi d'un cœur pur, elle leur fit part de la vision qu'elle venait d'avoir; les bons villageois pleuraient et poussaient de tristes sanglots; un pâtre vient redoubler la douleur générale, en leur annonçant qu'il avait vu le corps du Curé dans un bois, à une lieue du hameau, à moitié dévoré. Marie déclare qu'il faut aller chercher ses précieux restes, afin de les déposer honorablement dans la terre bénite du cimetière. On se hâte de faire une bierre; Marie prend elle-même la grande croix de cuivre, et marche à la tête des montagnards, plongés dans la plus profonde douleur!....

Ce même jour le représentant du peuple, Céoli, s'était mis en marche pour aller brûler le hameau de Lordat; il rencontre la procession à la lisière du bois; il ordonne aux soldats qui étaient à sa suite de la cerner; il descend de cheval et s'approche; il reste frappé d'étonnement et d'admiration en voyant Marie!.... une fille si belle!... si parfaite créature!... si mal vêtue!... un bavolet de grosse toile jaune, et ses pieds nuds!...: Il l'interroge d'une voix bienveillante: Qui es-tu? lui dit-il; Marie pose la croix et la retient sur son sein avec un de ses bras, et lui répond avec noblesse: Je suis la Fille de Dieu. — Où vas-tu? dit-il, d'une voix presque émue. — Je vais, répond Marie, d'après une révélation de mon Père céleste, chercher le corps de notre Curé qui a été dévoré dans ce bois. — Tu m'en imposes! reprit le méchant (fâché du nouveau sentiment qui commençait à se glisser dans son cœur), tu m'en imposes!... — Penses-tu? reprend fièrement Marie, que la Fille de Dieu puisse mentir?... Voilà son cercueil, voilà le pâtre qui a vu les restes de son corps. — Comment s'appelait ton Curé? — Mais, dit Marie, en hésitant, il s'appelait le Curé ou mon protecteur. — Ce n'est point un nom. — Nous ne lui en connaissons pas d'autre, dirent tous les paysans. — Et le nom de votre village, le connaissez-vous? — Marie l'ignorait et garda le silence; alors le plus vieux paysan déclara que le village se nommait Lordat. — Ah! ah! dit le monstre, je vois maintenant que vous êtes les fanatiques que je viens châtier; tu dois, la belle inspirée, connaître cette lettre ?—Hélas ! s'écria Marie, en la prenant et la serrant sur son cœur, hélas ! elle est du bon Curé. !...

A ces paroles tous les paysans s'agenouillent devant elle, et Marie d'une voix émue leur en fit la lecture à haute voix ; les villageois veulent baiser la touchante épître de leur Pasteur ; le jacobin les laissait faire, il regardait Marie ... et oubliait tout, qu'elle était intéressante et belle !... Le vent avait jeté au loin son bavolet, ses beaux cheveux détachés flottaient au gré de l'air ; son fichu dérangé laissait voir un col et des épaules d'albâtre ; ses pieds nus auraient fait honte par leur blancheur et leur forme à ceux de *Vénus*. Ses grosses larmes qui coulaient sur ses joues purpurines ; ajoutaient un nouvel éclat à sa beauté : la croix de cuivre qui reposait entre ses bras, lui donnait un air mystique qui relevait les charmes de cette beauté agreste ?..

Marie était absorbée par la grande douleur qui oppressait son cœur ; dans le Ciel avec son Père céleste, sur la terre avec ses pauvres villageois, elle ne voyait pas les satellites qui l'entouraient ; alors, dit-elle aux paysans, allons prier aux pieds de l'autel, pour que la tempête que Satan a suscitée à l'église, s'appaise et que mon Père céleste punisse les persécuteurs.

La Fille de Dieu reprit le chemin du hameau ; les soldats la laissent passer ; émus, ils avaient laissé échapper les fusils de leurs mains : plus doux qu'un agneau, le persécuteur suivit à pied ; il s'enivrait d'amour, en admirant la fille des pyrennées ; il ne savait trop lui-même ce qu'il faisait.. Marie, sans faire attention à lui, entonna d'une voix céleste le *Miserere*, auquel les montagnards répondaient par de douloureux sanglots,, les échos des montagnes répétaient ces sons mélancoliques, et en portaient la douce vibration jusque dans l'âme du méchant

Le cortège arriva ainsi à l'église ; la foule se prosterne ; Céoli fléchit le genoux, lui qui niait qu'il y eût un Dieu !... il répète les prières de Marie !.... O puissance de la vertu et de la beauté ! ton pouvoir est irrésistible !... Il écoute avec attention et ivresse le doux murmure de sa prière !... il respire le souffle de son haleine embaumée !... son cœur plus dur que l'acier achève de se pénétrer d'amour !.... il savoure ce sentiment si nouveau pour lui !...

La Fille de Dieu pria long-temps, puis elle se leva, le front couvert de la rougeur des esprits célestes. Séchez vos larmes, pauvres pécheurs !.dit-elle aux villageois, votre Curé, et mon protecteur est assis dans la demeure de mon Père ; il veille et prie pour vous ; ne craignez rien de la tempête qui bat le vaisseau de l'église ; si ses éclats viennent jusqu'à nous, je serai ferme, et je vous protègerai : allez !.... retirez-vous et priez...

Les paysans essuyèrent leurs larmes, leur bon Curé était dans le Ciel, pouvaient-ils encore s'affliger !.. qu'avaient-ils à désirer ?.. ils rentrèrent sous leur toit de chaume, en s'entretenant de ses vertus.

Marie revint au presbytère, s'assit en silence près du foyer solitaire, et se livra sans réserve à toute sa douleur. L'éloignement de Marie rendit le représentant du peuple à lui-même, il rougit des nouveaux sentiments qu'il éprouvait, et cependant ne pouvant résister au désir de la voir, il suivit ses pas machinalement ; il s'assit sur une escabelle en face de Marie : il la regardait et s'attendrissait malgré lui : cet état était si contraire à son caractère habituel de méchanceté et de dureté !... il rompit le silence, voulant faire cesser les sensations qu'il éprouvait! il espérait que les réponses de Marie irriteraient son courroux, et qu'en l'abreuvant de mauvais traitements, il ferait évanouir l'amour vertueux qui commençait à pénétrer son cœur. Pourquoi pleures-tu? dit-il à Marie. — Hélas! pourquoi ne pleurerais-je pas? que vont devenir tous les pauvres habitants de ce village? ils ont perdu leur Pasteur!. ah! si je savais du moins leur en trouver un, j'irais le leur chercher!...—Et toi-même, que vas-tu devenir? je ne vois personne autour de toi. — Je n'ai besoin de personne!.. mon Père céleste ne veille-t-il pas sur moi?.. si je pleure! si je souffre!... c'est de ne plus voir à la place où tu es, celui que mes yeux n'avaient jamais perdu de vue. — Et quel est ton Père céleste? — l'Éternel, le Tout-Puissant! Le jacobin sourit d'un air méprisant, et lui dit d'un ton moqueur : Ah ! Fille de Dieu ! faits moi souper ainsi que ma suite ! — Hélas !... je n'ai rien ! je n'ai pas de quoi souper moi-même ! — Quoi ! tu es la Fille de l'Éternel ! et tu ne possèdes rien ? dis-lui qu'il nous envoie la manne comme autrefois aux Israélites — Je n'ai jamais rien demandé à mon Père, et je n'ai jamais manqué de rien, répondit fièrement Marie.

Dans ce moment la porte s'ouvrit, une paysanne présente à Marie du pain noir, du fromage et de la piquette ; tu vois, dit-elle, que je n'ai jamais besoin d'importuner mon Père. Le jacobin haussa les épaules, et appela ses gens ; leur ordonna de lui servir à souper ; aussitôt la table fut couverte de viandes froides les plus succulentes, des vins les plus exquis, des liqueurs fines. Hé bien ! dit-il alors, en ricanant ; eh bien ! tu vois que je ne suis que le fils du diable, je suis mieux servi que toi. La crédule Marie prit au pied de la lettre la mauvaise plaisanterie de Céoli ; elle crut réellement qu'il était le fils de Satan ; elle le regarda attentivement et crut retrouver sur sa belle figure tous les signes que le bon Curé lui avait indiqués pour reconnaître le tentateur ; son front qui paraissait chargé d'un sombre nuage semblait avoir été formé de l'immortalité pour porter la couronne: ses yeux à fleur de tête brillaient d'un feu infernal !. son regard était aussi perçant que celui de l'aigle ! Sûrement pensait Marie! ce regard étincelant a été créé pour admirer les choses éternelles! cette taille si noble ! si imposante, cette haute stature !.. ah !... c'est bien l'ange tombé !..

Et le cœur de Marie palpitait avec violence !... qu'il lui paraissait beau !... elle se sentait attirée vers lui par un sentiment bien nouveau pour elle !.. pauvre Marie !.. tu vas donc devenir la victime de l'amour !.. Elle fut retirée de cette extase terrestre par l'invitation que lui fit Céoli de s'asseoir à sa table ; moi ! dit-elle avec horreur ! Moi ! que je mange avec le fils de Bélial ! .. que je mange des mets infectés ! ... non, non jamais ! oh ! jamais !. ignores-tu que depuis que mon Père céleste a foudroyé le tien, il ne se console de sa chûte qu'en ne vivant que de rapines et ne comblant les siens que de faux biens ? mais les enfants de Dieu vivent de sa parole : c'est une viande un peu creuse, dit le méchant ; allons, viens, mange avec moi ; tu verras que la mienne est plus solide.

Marie sans lui répondre, prit son pain et son morceau de fromage, et fit son frugal repas, pendant que le jacobin mangeait et buvait outre mesure, espérant oublier dans les fumées du vin, l'amour qui s'était emparé de son cœur : mais c'était en vain, ses yeux se tournaient involontairement vers le sombre foyer ; l'ange de beauté qu'il y voyait faisait expirer les injures sur ses lèvres ; bientôt l'ivresse du méchant fut à son comble ; il fit retentir la misérable chaumière de chants grivois et impies : l'innocente Marie n'en fut point effrayée ; elle trouvait tout simple que le fils de Satan fît son métier ; elle pressait sur son cœur un crucifix de bois, priait et soupirait!...

Dans ce moment un courrier arrive et remet un paquet au jacobin ; c'était sa nomination à un grade élevé, il était nommé le chef suprême, toute-puissance lui était donnée pour faire le mal !.. Son ambitieuse joie dissipa son ivresse; il regarda Marie et se repentit d'avoir insulté l'innocence ; il s'approcha d'elle, et lui dit d'une voix pleine de douceur : Fille de Dieu !... je veux faire ton bonheur !... viens avec moi dans la capitale, tu deviendras mon épouse, tu seras la première entre toutes les femmes ; tiens, lis, tu verras que toute-puissance m'a été donnée sur tous les Français.

Marie lut et lui rendit froidement ses papiers en lui disant : Je ne veux pas te suivre. — Quoi !... tu préfères végéter ici misérablement, que de régner sur la France avec moi ! — Je ne sais ce que tu appelles végéter, je suis heureuse ici, mon Père m'y a placée, je dois y rester ; ne connaissant pas ce que tu appelles le monde, ni sa puissance, ni ses pompes, je ne puis faire de comparaison qui fasse souffrir mon cœur ; tous les habitans de ce village ont été pour moi un père, une mère, un frère, une sœur, des parens, des amis !... Ils ont perdu leur bon Curé ! qui veux-tu qui les console de cette perte si ce n'est moi !... Je leur dois mes consolations et mes soins !...

Le méchant, loin d'être touché de ce généreux dévouement, ne lui répondit qu'en lui faisant un pompeux étalage et une fastueuse description de la capitale, de ses plaisirs, de la puissance dont elle jouirait. Tout ce que tu me vantes tant disait Marie en secouant la tête, est bon pour toi qui est le fils de Satan ; tout pouvoir a été donnée à ton père pour faire le mal ; mais moi, je ne veux rien de tout cela, je le méprise, l'amour de mon Père me suffit, mon sort doit être misérable dans ce monde et digne d'envie dans l'éternité.

Le sang du méchant commençait à fermenter de colère et d'impatience ; il continua ses paroles perfides, car il voulait la séduire et non l'épouser comme il le disait ; il étala à ses yeux de l'or, des diamans, des bijoux précieux ; Marie les jeta et les repoussa avec mépris : jusques à présent, dit-elle, je n'ai pas eu besoin de tout cela, mon Père céleste qui donne la nourriture aux oiseaux, qui rend si magnifiques les lys qui croissent dans les champs, ne m'en a pas donné parce que je n'en avais pas besoin.

Céoli sortit de sa poche un miroir tout brillant d'or, il le présenta à Marie en lui faisant remarquer sa beauté; la jeune fille rougit de plaisir, elle fut frappée de sa figure, elle ne s'était jamais vue, elle ne se croyait pas différente des autres filles du village, mais elle voyait maintenant qu'aucune ne pouvait lui être comparée; ses yeux ne pouvaient se détacher du fidèle miroir, elle se regardait avec complaisance; le méchant suivait avec ivresse ses divers sentimens qui se dessinaient sur son front virginal ; la vanité !.. pensait-il va m'assurer sa conquête? il agrandit le miroir, lui fit remarquer la beauté de ses mains, de ses bras, l'élégance de sa taille, la majesté de son port !... Marie l'écoutait, se regardant avec délices !...

Le bon Curé n'avait pas prévu ce genre de séduction; Marie allait peut-être y succomber !... Le cœur de Céoli bondissait de joie !... Il crut sa victime prête; tu es à moi, s'écria-t-il, ô la plus belle des femmes!... et déjà ses bras enlaçaient sa divine taille, ses lèvres impures s'approchaient de celles de Marie, aussi pures que la rose matinale; elle le repousse avec force; le méchant reste immobile devant elle : ne me touche pas!... la Fille de Dieu et le fils de Satan ne peuvent s'unir!... Si ma beauté t'attire, si elle te frappe, elle me fait un devoir de te repousser; ne crois pas qu'elle m'enivre : il est tout simple que la Fille de Dieu soit belle; Jésus était bien le plus beau des hommes; il résista à la tentation, je ferai comme lui!... Alors Marie écrasa sous ses pieds le superbe miroir, en repoussa les éclats, et se retira dans sa chambre, où après avoir prié, elle s'endormit paisiblement sous la garde des anges.

Le jacobin grinçant des dents au milieu des richesses que Marie avait méprisées, et des débris du splendide souper, ce qui faisait un contraste frappant avec la misérable chaumière, jura que lui le plus puissant des hommes, ne serait pas vaincu par une pauvre fille ; il fut questionner les paysans qui lui racontèrent l'histoire de Marie, sa venue miraculeuse dans le village, son origine céleste attestée par leur bon Curé et confirmée par les miracles, les extases, les visions qu'avait cette Fille extraordinaire ; et pour achever de convaincre Céoli dont la physionomie exprimait le doute, on lui présenta l'extait de baptême et le papier de soie ; vous voyez, disaient les villageois, vous voyez qu'elle est bien la Fille de Dieu ! d'ailleurs ce beau papier ne peut venir que du Ciel.

Céoli ne vit dans tout cela, que la preuve que Marie était une misérable bâtarde, un être isolé dans le monde, dont la tête et le cœur étaient séduits par des idées fanatiques ; il savait toute la force que donne le fanatisme, qui affronte tout, qui ne craint ni les supplices, ni la mort !... L'amour qui remplissait son cœur, lui suggéra de la combattre avec ses propres armes ; le cruel inventa et exécuta sur-le-champ un projet infernal !....

Quand tous les habitans du hameau furent plongés dans le sommeil, il mit lui-même le feu aux misérables chaumières ; la première étincelle en fut allumée avec le papier de soie et l'extrait de baptême de la pauvre Marie ; les seuls titres qui la rattachaient par un fil aux mortels qui végètent sur la terre, furent réduits en cendres en moins d'une seconde. L'exécrable méchant dispersa dans les airs par son souffle empesté, les cendres de ces papiers, s'applaudissant d'avoir tout-à-fait isolé Marie.... Elle sera bien plus à moi, s'écriait-il en frissonnant de joie, quand elle se verra sans soutien, sans appui sur la terre.

Pendant que le hameau brûlait, que

les habitans se sauvaient aux pieds de la montagne avec leurs vieux pères et leurs enfans à demi-suffoqués par les tourbillons de fumée, Marie dormait paisiblement, un songe caressait son ardente imagination, elle voyait les cieux ouverts avec toute la pompe dont saint Jean s'est plu à parer le ciel dans son apocalypse.

Elle y voyait Lucifer baissant sa tête orgueilleuse devant le trône de l'Éternel. De la nuée resplendissante qui couvrait ce trône, elle entendit quelques mots inintelligibles; et aussitôt une ombre brillante qui dessinait une vierge à sa ressemblance, s'approche de Satan, le touche ; l'enveloppe enflammée, tombe, et Lucifer paraît comme autrefois le plus beau des chérubins, tel qu'il était avant sa chûte.

Tout le Ciel retentit des chants d'allégresse pour célébrer Satan régénéré, et l'hymen sacré qu'il contractait avec la

Vierge qui avait coopéré à ce grand œuvre.

Marie attentive à ce brillant spectacle, reconnut sur la figure du chérubin les traits de Céoli. Son cœur palpitait d'une amoureuse ivresse, et savourait avec délices la douce vision.

Il est un destin favorable aux méchans. Ce fut dans ce moment que Céoli s'approcha de sa couchette avec une torche à la main. Tout était en feu autour de lui. Marie! Marie! s'écria-t-il, réveille-toi. Marie entend sa voix; l'éclat du feu l'éblouit, elle croit que le spectacle qui l'entoure est la suite du songe. Que me veux-tu? lui dit-elle. — J'attends de toi ma rédemption; Jésus ton frère a opéré celle des hommes, et toi Fille de Dieu, tu dois opérer la mienne. C'est l'ordre que l'Eternel vient de publier dans les cieux. — Je l'ai entendu, j'ai senti la voix de Jehova qui l'ordonne; sa Fille obéira. Ah! je le sens, tu m'es plus cher que la vie, je serai heureuse de la sacrifier pour toi!... Céoli s'applaudit en voyant si bien réussir sa ruse infernale. Sa passion prit une nouvelle force dans l'élan d'amour qui venait d'échapper à la Fille des Pyrénées. Hélas! cette pauvre abusée, les yeux attachés sur lui, confirmait assez ce qu'elle venait de dire. Qu'il lui paraissait be dans l'appareil incendiaire qui l'environnait! Le feu faisait des progrès rapides; Céoli veut l'arracher au danger, et lui montre les meubles en feu; il lui ouvre ses bras, Marie lui tend les siens, mais les paroles du bon Curé retentissent au milieu du volcan d'amo qui s'échappait de son cœur.

Non, non, dit-elle, je ne dois le toucher que dans les cieux. — Tu vas mourir, s'écrie Céoli éperdu, et dans ce moment, le toit du presbytère s'écroule, ils sont écrasés sous les décombres embrasés, Marie perd connaissance, elle est presque sans vie. Le jacobin plus fort qu'un Hercule, repousse la poutre et la masse de feu qui pesaient sur ses épaules, il prend Marie dans ses bras nerveux, il l'emporte à travers les flammes, et la dépose sur les cendres de la dernière chaumière qui venait de finir de brûler !.... Haletant de fatigue, trempé de sueur, suffoqué par la fumée, il s'agenouille près d'elle et attend qu'elle reprenne ses esprits !....

Marie revint à elle et fit un cri d'horreur en se voyant dans les bras du jacobin.... L'indignation et la douleur la plus vive s'emparèrent de son âme ; elle oublie tout, tout, jusqu'à son amour !... Elle s'arrache de ses bras ; où sont dit-elle, mes malheureux amis ? ont-ils péri dans les flammes ?... Non, dit le jacobin, ils sont là-bas qui gémissent. Ah ! dit Marie avec l'accent de l'enthousiasme : Je veux aller pleurer avec eux, ils seront moins à plaindre !.... Regarde-toi, tu verras que tu peux y aller, ton vêtement est brûlé. Marie rouge de pudeur, en rassemble les lambeaux; elle espère dérober sa nudité, elle ne peut y parvenir. La vierge pudique implore de Céoli un habit, il n'ose le lui refuser, malgré la volupté qu'il savoure à contempler ce beau désordre; il jette sur elle un manteau écarlate; la Fille de Dieu s'enveloppe et vole à travers les cendres brûlantes, au milieu des habitans désolés!. .

Les montagnards oublient leur malheur, pour se livrer à la joie de revoir leur enfant; ils croyaient qu'elle avait péri dans les flammes; leurs sanglots se changèrent en exclamations joyeuses; larmes, douleurs, bonheur de se revoir, de se retrouver, tout est confondu dans leurs tendres embrassemens!... Il faut avoir éprouvé un malheur déchirant, pour comprendre leur lamentable joie!!!

Ce premier mouvement d'effusion

passé, la Fille de Dieu songe à réparer la perte que viennent d'éprouver ses protecteurs ; elle lève ses bras vers le Ciel ; ses beaux yeux exprimaient la foi la plus vive ; son cœur prie, sa bouche reste muette ; le jacobin qui ne la perdait pas de vue, jette une bourse remplie d'or à ses pieds, elle tombe lourdement, le bruit qu'elle fait tire Marie de son extase, l'or qui brille à travers les filets de soie, attire son attention. Dieu l'a exaucée !... s'écrient les paysans, maintenant nous pouvons rebâtir nos chaumières ; quoi ! dit Marie, quoi ! ce métal peut réparer le malheur de mes amis ! rebâtir leurs chaumières, racheter leurs récoltes, leurs meubles, leurs vêtemens, leurs bestiaux !... Oui, dit le jacobin, en vidant sa bourse à ses pieds, cent pièces d'or sont pour chaque individu ; oui, oui, s'écrièrent les villageois, nous en avons assez et de reste, nous sommes riches à jamais ! Oh ! mon

Père céleste, s'écria Marie avec effusion ; que de grâces j'ai à te rendre ! .... J'y mets une condition, dit le moine apostat, avant que tu puisses en disposer, c'est que tu viennes avec moi ; que je quitte, dit vivement Marie, que je quitte ce village ! . . . la famille que mon Père céleste m'a donnée ! au moment de leur désastre ! quand ils sont privés de le Pasteur ! non, garde ton or, mon Père réparera bien leur malheur sans toi. Céoli remet l'or dans la bourse et s'éloigne ; les paysans redoublent leurs gémissemens, qui avaient été suspendus par la vue de l'or ; le méchant sûr de la victoire, a saisi le moment de cupidité que ces malheureux éprouvent : Marie, dit le moine, s'ils le veulent, viendras-tu ? J'obeirai, dit-elle, mais j'en suis sûre, ils me préfèreront à tout.

Parlez, dit le moine apostat, parlez, répondez, la misère, la dispersion, la mendicité, et la mort, si Marie reste avec vous ; de l'or en quantité si elle me suit. Sera-t-elle heureuse ? demandèrent tous ces malheureux, les yeux attachés sur la bourse ? comme une reine, dit le jacobin ; ah ! quelle perte ! dirent-ils tous à la fois.

Ils se jettent à genoux pour la conjurer de s'éloigner ; Marie jette sur eux un regard douloureux : vous le voulez, leur dit-elle d'une voix déchirante, je partirai ; mais non, ajouta-t-elle avec force, je resterai au milieu de vous, malgré vous, j'en suis sûre ; à peine auriez-vous perdu votre Fille chérie, que Dieu vous en demanderait un compte rigoureux ; que lui diriez-vous ? que réponderiez-vous ? ce serait alors que votre malheur serait terrible ! Celui que vous déplorez maintenant, et auquel vous voulez me sacrifier, n'est rien ! mais la colère de l'Éternel serait cruelle à supporter !...

Le jacobin frémit de rage, il trembla que sa victime lui échappe !... Alors il se cache derrière un arbre, fait retentir l'air d'une voix forte et empruntée, « Fille du Ciel !... tu n'es point à toi !.. va travailler à l'œuvre de la rédemption de l'ange déchu !... obéis-lui, fais sa volonté pendant un temps, deux temps, trois temps !.. Mon Dieu !... mon Dieu !... dit Marie d'une voix étouffée, qui sera pour moi? si tu es contre moi, ô mon Père ! mais ta Fille ne saura qu'obéir !.. Adieu.. ô vous qui pendant long-temps, m'avez prodigué votre amitié et l'hospitalité !.. adieu !...

L'infortunée presqu'inanimée, tombe sans force dans les bras du méchant, dont la joie d'amour qui étincelle dans ses yeux annonce la victoire ; il double la portion des pièces d'or qu'il a promises à chacun des habitans, et pendant qu'ils comptent leur trésor, et que la cupidité étouffe tout sentiment de regret et de pitié pour la malheureuse qu'ils repoussent loin d'eux, l'infâme ravisseur enlève sa proie ; on aurait dit Satan enlevant du Ciel la reine des anges ; il monte à cheval, et suivi de ses satellites, il s'éloigne avec la rapidité de l'éclair de ce lieu de désolation!... à peine se donne-t-il le temps de prendre quelques heures de repos dans la ville de Pamiers, il monte en voiture, court nuit et jour, impatient d'aller jouir de sa puissance et montrer sa superbe conquête!..

Marie eût beaucoup à souffrir de la gêne des vêtemens étroits et surtout des souliers dont elle n'avait jamais eu l'habitude, du défaut d'air, des cahots qu'elle éprouvait dans la voiture; dès qu'elle apercevait une colline, ses larmes échappaient de ses yeux!... peu sensible aux soins, aux attentions du jacobin, sa pensée ne quittait pas les montagnes; élève de la nature et de la religion, son cœur ne conservait pas de ressentiment contre les habitans du hameau, qui, pour un peu d'or, l'avaient si lâchement abandonnée. Elle souffrait avec résignation toutes les commodités du luxe et de la richesse, que l'amoureux jacobin multipliait autour d'elle. Je dis souffrir, car l'homme libre habitant loin des villes, qui, depuis son enfance, connaît ses forces, et sait les apprécier assez pour en profiter, ne peut comme l'esclave des Cités, se créer des besoins qui énervent son corps et affaiblissent son entendement.

Marie arriva à Paris; dans le monde nouveau où elle se trouva, la somptuosité des meubles, les nombreux domestiques soumis à ses ordres, ne l'éblouirent point; elle garda tous les principes dont elle avait été nourrie; pénétrée de toute la dignité de sa céleste origine, elle méprisa tout ce qui l'environnait, l'amour même qu'elle éprouvait pour le jacobin qui devenait de jour en jour plus violent, semblait lui donner plus de force pour pratiquer la vertu et suivre la pénible carrière qu'elle se croyait forcée de parcourir.

Quelle étrange manière de vivre pour elle !... Quelle différence de la vie qu'elle avait menée jusqu'alors ! l'air pur qu'elle respirait sur le sommet des montagnes, qui vivifiait sa vie, était changé en un air crasse et épais qui oppressait ses poumons et l'empêchait de respirer librement; mais persuadée qu'elle travaillait à l'œuvre de la rédemption de Satan, elle souffrait tout sans se plaindre.

Céoli entretenait cette erreur en lui faisant entendre la nuit par le moyen d'un porte-voix, des paroles, qu'il enveloppait d'un sens mystérieux qu'il avait puisé dans les études mystiques qu'il avait faites autrefois; l'innocente Marie trouvait tout simple que son frère Jésus ayant été envoyé pour la rédemption des hommes, elle fût envoyée pour celle de Satan; les sentimens purs et nouveaux que le jacobin éprouvait près de Marie lui devinrent précieux, son erreur fanatique même le charmait, car c'était là source où Marie puisait le plus tendre et le plus saint des amours; s'étant aperçu que les roses de son teint se flétrissaient, il l'avait établie dans une superbe maison de campagne, aux portes de Paris; là, respirant plus librement, et regrettant moins les montagnes, elle se livrait avec plus d'abandon à son amour qui enivrait Céoli de délices inconnues jusqu'alors pour lui, qui de l'amour n'avait connu que la brutalité; Marie retrouva donc dans la solitude et dans les lectures mystiques qu'elle faisait dans la journée, un aliment qui égarait de plus en plus son imagination d'illusions assez fortes pour faire oublier les douloureuses misères, compagnes de la vie.

De tout le luxe dont Céoli avait environné Marie, elle n'avait adopté avec transport que la musique. Aussi jour et nuit sa retraite retentissait de sons mélo-lieux; l'amour et l'harmonie dilataient son cœur; elle voyait sans cesse les cieux ouverts; elle parlait à son Père céleste, à son Frère Jésus, à la reine des Vierges, à son protecteur, tous lui répétaient sans cesse qu'elle seule pouvait changer la nature infernale du jacobin contre celle d'un ange; cette assurance redoublait son amour et ses douces pensées; et quand elle croyait ne s'occuper que de sa rédemption, elle ne s'occupait que de lui seul et de son amour; si Céoli savourait ses momens d'extase, il les rendait plus délicieux; en respectant la pudeur de la Vierge timide, il osait louer Dieu!... parler du bonheur des cieux lui, qui sans cesse outrageait l'un et l'autre. Ce méchant, après s'être rassasié toute la journée de meurtres et de carnage, venait s'enivrer le soir d'un sentiment digne des Anges! L'innocente Marie croyait par la puissance de Dieu, forcer le jacobin à le louer, le faire tomber à ses pieds, lui faire verser des larmes qu'elle attribuait au repentir ; elle multipliait ces momens par les paroles les plus tendres, par les regards les plus suaves ; Géoli avide de cette voluptueuse passion, prolongeait l'erreur de la Fille de Dieu, en ayant l'air de détester son infernale origine qui le forçait à commettre le mal, à multiplier les meurtres.

Marie pleurait à son tour, et priait son Père céleste de le rendre digne d'habiter le Ciel, d'opérer sa régénération, afin que son hymen éternel fût consacré devant le tabernacle céleste ; son hymen, c'était là ce qui enivrait son cœur d'une douce espérance, l'amour et l'exaltation lui dictaient un langage mystique qui prouvait tout ce que son cœur sentait. Avec quelles délices elle contemplait alors la belle figure du méchant ! ses mains n'osaient toucher les siennes ; mais penchée sur lui, elle les appuyait sur son cœur. Ses beaux yeux fixés sur ceux de

Céoli, y puisaient un amour sans cesse renaissant; peu savante dans l'art de connaître le mal, la noire méchanceté qui perçait dans les yeux du bien aimé et que son ardent amour ne pouvait effacer, n'était point aperçue par elle. Elle ne voyait dans ses regards de feu, qu'une expression qui redoublait ses sentimens exaltés, qui faisaient ses délices ainsi que celles du jacobin.

Tant de bonheur était-il fait pour un être aussi méchant? non; un amour si pur, si vrai, était-il fait pour un cœur infecté de vices? non, hélas!... il n'est dû qu'au premier âge, à ce moment seulement où la nature franchit l'espace de l'enfance à l'adolescence; pour animer son ouvrage, elle place dans ce cœur encore insensible, la première étincelle de l'amour; cette étincelle fermente, s'agrandit; ses rayons bienfaisans agitent le cœur, il veut aimer, il aime mais encore tout est pur, tout est bon, tout est délicieux pour lui, jusques au moment où l'âge et l'exemple viennent étouffer, chasser pour jamais ce beau feu qui n'est digne que des cieux et des cœurs innocens.

L'homme tombé avance dans la vie et regrette sans cesse ce premier amour, il multiplie ses jouissances auprès de mille objets nouveaux, mais il avoue en gémissant qu'on ne peut aimer qu'une fois; il a raison, on ne peut aimer qu'une fois de l'amour des Anges; rien ne nous rappelle mieux ces premiers momens que le regret de les avoir perdus, et la certitude de ne plus les retrouver. Le moine apostat se fatigua donc du pur amour dont Marie le rassasiait; les belles formes de la Fille de Dieu, réveillèrent ses désirs impurs. Endormie par les pures délices dont elle l'avait enivré, l'innocence de Marie était trop grande pour qu'elle se doutât du ravage qu'elle causait; à peine dérobait-elle ses appas sous des robes courtes du tissu le plus fin et le plus léger.

Elle avait quitté ses souliers : Céoli attentif à tout ce qui pouvait lui plaire, avait multiplié sous ses pieds des tapis précieux.

Le méchant n'espéra point séduire Marie par ses paroles ; il espéra plutôt le faire par tous les prestiges que le monde sait offrir ; son cœur corrompu ne se doutait pas qu'une âme innocente et fanatiqne pût résister à tout ; Marie, lui dit-il un soir, après avoir supporté avec une espèce d'impatience les voluptueuses extases de l'innocente fille, tu sais que toute-puissance m'a été donnée sur toi, maintenant mon naturel infernal me porte à te faire connaître tous les plaisirs, tous les prestiges que les enfans des hommes se sont créés pour charmer leurs loisirs ; il faut que tu quittes cette sollitude. — Que je quitte ces bosquets ? — Oui, âme de ma vie, tu les laisseras pour les retrouver ensuite avec plus de délices ; tu quitteras aussi ces vêtemens simples que l'isolement où tu vis, pouvait te permettre. — Eh ! ne suis-je pas assez belle ? quel est l'ornement assez précieux qui puisse relever ma beauté ? — Aucun, je le sais, douce et belle Marie ; mais vivant au milieu des hommes, il faut que tu leur dérobes sous des ornemens empruntés, les beautés de ton corps qui décéleraient ton origine céleste, de peur qu'ils ne veulent t'adorer, comme ils ont fait jadis de ton frère *Jésus* ; cette erreur pourrait offenser ton Père céleste ; si tu savais tout ce qu'il en coûte !.... Hélas ! continua le méchant d'un air saintement hypocrite, la seule pensée de s'asseoir à sa place fait souffrir à mon père des tourmens horribles depuis des millions d'années. Une fois que l'imagination est montée à certain degré d'exaltation il suffit de toucher une corde pour les faire vibrer, toutes ; Marie, fortement imbue qu'elle devait tout souffrir, tout endurer pour la rédemption du méchant, se soumit, elle trouva même une espèce de joie à multiplier les sacrifices, elle accepte donc ; mais à peine eut-elle dit oui, que le jacobin fit étaler autour d'elle tous les trésors de la toilette ; Marie se para de la robe la plus simple et des fleurs les mieux imitées. Céoli fier de sa beauté, de ses grâces, la produisit avec orgeuil au milieu d'un monde indigne de la posséder ; quel enthousiasme !.. quelle admiration elle produisit dans le monde qu'il rassemblait autour d'elle !..... que Marie était belle !.. que sa jeunesse inspirait d'intérêt !..... Elle enchantait, elle entraînait tous ceux qui la voyaient ; l'innocence qui éclatait sur son front, effaçait la fraîcheur du diadême de fleurs, qui retenait à peine ses beaux cheveux ; chacun devinait les intentions du Chef Suprême sur cette belle fille ;

mais personne ne crut qu'il eût triomphé de son innocence. — Marie parlait peu, mais quelle éloquence! quel feu dans ses regards!.. Son silence même parlait pour elle, toute l'assemblée retentissait de louanges, elle n'en fut point enivrée.

Le Chef Suprême ordonna que tout le temps que Marie paraîtrait dans le monde, la décence la plus rigoureuse se montrât partout où elle irait; avait-il besoin de donner cet ordre, Marie en imposait assez par elle-même.

Céoli rassembla autour d'elle, généralement tous les plaisirs du monde, elle n'en fut point éblouie; les délices de la table la rebutèrent; accoutumée à des mets simples, à boire de l'eau, l'odeur des viandes la suffoquait, les vins spiritueux et les liqueurs fines avaient à peine touché ses lèvres, que leur impression trop forte lui ôtait l'usage des sens.

La magie des spectacles parut la charmer, elle s'attendrit avec le malheur que savaient si bien imiter les acteurs ; le méchant vit couler ses larmes, il espéra ; les symphonies caressaient doucement son imagination ; ses yeux s'attachaient avec plus d'amour sur l'ange infernal qui voulait consommer sa ruine ; les paroles amoureuses qu'elle entendait se trouvaient d'accord avec son cœur ; mais le vide qu'elle éprouvait en sortant de ces scènes illusoires, l'éloigna bientôt de ces mêmes spectacles, elle leur préféra les bosquets, où les rossignols faisaient retentir l'air de leurs sons mélodieux, où la tendre musique rapportait ses pensées vers le ciel, et rendait plus ardens ses vœux extatiques.

Le Moine apostat se vit forcé de renoncer au genre de séduction dont il espérait le plus. Il faut, pensa-t-il, que l'amour-propre assure ma conquête ; il fait préparer chez lui un magnifique concert, où plusieurs jeunes et belles femmes devaient se faire entendre. Marie y parut couronnée de roses printanières, une robe de mousseline des Indes et ses beaux cheveux imprégnés des essences les plus odoriférantes ; elle était plus belle que Vénus, elle éblouit tout le monde comme si on ne l'avait jamais vue.

La musique la plus savante se fit entendre ; les femmes exécutèrent les morceaux les plus distingués d'une manière charmante ; mais cette musique n'était point d'accord avec les mouvemens de leur âme. Marie seule se livrait à une voluptueuse attention. Le jacobin s'approcha d'elle ; Marie, lui dit-il, tu vois que chacun prend une part active au concert, ne rougis-tu pas de ne point faire comme les autres ? dis un seul mot, et bientôt je te donnerai les maîtres les plus renommés. Marie sourit ; crois-tu, lui dit-elle, que j'ai resté oisive dans les bosquets ? que j'ai savouré les sons mélodieux, sans chercher à les imiter ? crois-tu enfin, que la Fille de Dieu ait besoin d'un long apprentissage pour connaître la science des Cieux.

Marie se lève, traverse la salle avec la majesté d'une Reine et les charmes des Graces; elle prend une harpe, prélude sans méthode, mais en tire des sons ravissans; elle improvise des chants pleins de feu qui s'accordent avec ses sons divins. C'est une âme neuve qui exprime, par une mélodie énergique, les sensations dignes des Dieux.

Que Marie était belle! sa physionomie avait pris une teinte mystique, le désordre même de ses accords charme toute l'assemblée; Céoli est hors de lui, il se sent pressé de tomber à ses pieds, il baisse son front dans ses deux mains, pour dérober son trouble à tous les yeux: mais bientôt tout le monde le partage; les uns quittent les cartes, les autres taisent leurs complots sanguinaires, les cannibales sont dans les Cieux. Elle prend l'ange tombé par la main; retirons-nous, dit-elle, je sens que Dieu va s'emparer de mon âme; je ne puis.

m'exposer plus loug-tems aux regard profanes ; toi seul dois et peux me voir.

On la vit à regrêt s'éloigner ; chacun se retrouva sur la terre. Marie passa encore cette nuit avec l'infernal jacobin dans un état extatique ; il partagea malgré lui ses saints transports. Elle redoubla pour lui le charme de ses accords, ils furent les derniers que e méchant voulut entendre ; son âme gangrenée ne pouvait plus supporter les effets de cet amour innocent. Il fuit Marie !.. Rentré chez lui, il écume de rage de ce qu'il appelle sa faiblesse, il jure de triompher de cette fille qui le subjugue. L'ignorance, dit-il, donne un conrage, une force qui n'appartient pas à celui qui connaît l'incertitude de toute chose ; Eve ignorante pêcha, Marie connaîtra tout, et dès ce moment Marie succombera : pourra-t-elle me résister, elle qui m'aime ?... quand elle saura que la vertu n'est qu'une chimère, que Dieu même à qui elle croit parler n'est qu'un mot, cette origine divine dont elle est si fière s'évanouira; elle ne se trouvera plus qu'une malheureuse bâtarde; quel prétexte aura-t-elle pour résister à mon amour? elle sollicitera au contraire une caresse. Imprudente, tu te repentiras de tout ce que tu me fais souffrir, de l'empire que tu as pris sur moi : je t'avilirai! Alors, je te mépriserai : je te repousserai !... Oui, l'humiliation remplacera sur ton front cette fierté qui m'outrage! La misère sera ton partage, elle me vengera de l'insouciance que tu as pour les richesses et l'opulence que je te prodigue en vain!....

Tel fut l'affreux projet du moine défroqué. A peine le jour commencait à poindre, que l'idée du crime le chassa de son lit; il prend les livres où les hommes se plaisent à retracer en phrases pompeuses, leurs vices et leurs crimes qu'ils décorent de beaux noms. Il les ouvre devant Marie : voilà, dit-il, l'histoire des hommes ; tu vas apprendre à les connaître ; tu verras si je suis criminel de me jouer d'eux ; car, n'attribue pas à mon père tout le mal qu'ils font ; lis dans ces livres sacrés, ces mots que Dieu même a tracés : l'Homme est porté au mal dès sa naissance. Quand tu seras suffisamment instruite, je me présenterai devant toi ; jusque-là un ordre du Ciel m'en éloigne. Marie soupira avec amertume, en voyant tous ces volumes entassés autour d'elle : Eh ! quoi déjà, dit-elle, il faut doubler mes souffrances !.. autant tu es porté par ta nature, à désirer, à aimer le mal que font les hommes, autant la mienne m'en éloigne. Il faut encore que je ne te voye pas ! où retrouverai-je la force nécessaire pour supporter ce nouveau malheur ? Ici des larmes s'échappèrent des yeux de Marie, et lui coupèrent la parole ; elle tendit ses bras vers lui : le méchant s'enfuit pour ne pas succomber, car un instant de plus il avouait son crime à Marie, et promettait de mourir de douleur à ses pieds !..

Les meilleurs maîtres viennent tour-à-tour expliquer à Marie ces ouvrages historiques ; elle frissonne aux premières pages du livre sacré qu'elle lut dans la langue primitive ; elle n'y trouva que meurtre et que sang ; chaque page lui renouvelait quelque scène d'horreur. Malgré sa répugnance à s'instruire des choses profanes, elle fit des progrès rapides ; elle connut tout, mais rien ne fit impression sur elle : sa belle âme plaignait les hommes de leurs erreurs, et prenait des résolutions pour ne jamais les imiter. Qui aurait pu lui persuader que Dieu n'existait pas ? elle qui le trouvait tous les soirs dans les bosquets !...

Le jacobin s'était éloigné, il parcourait les provinces en cannibale, il ignorait les extases nocturnes de Marie, il espérait tout du dernier piége qu'il lui avait tendu ; plein d'espérance, il revint à Paris, il interroge ses maîtres, tous n'ont qu'une voix pour l'assurer de ses étonnans progrès. — Quelle est sa façon de penser ? — Nous l'ignorons, elle ne parle point. — Quoi! pas une question ? — Non. — Céoli commença à craindre : forcé de donner quelques heures aux affaires de l'état, il ne put aller trouver Marie que vers le soir ; il parcourt avec un cœur palpitant de joie et de crainte ses appartemens, elle n'y était pas ; chaque objet qu'il voit, qu'il presse sur son cœur, double son amour !. . . il porte ses pas vers les bosquets ; à travers les branches dépouillées par l'hiver, il aperçoit l'objet de son ardeur ; son attitude est mélancolique, quoique ses chants soient joyeux. Elle célébrait le retour de Satan dans les cieux et son hymen avec lui. Une douloureuse expression échappa au méchant !. .. son projet a échoué ;

Marie aime encore son erreur ;... elle l'entend!... court à lui, rouge de pudeur et d'amour !... à sa vue Céoli oublie tout !... sa présence calme ses tourmens!... il ne voit que Marie!... Marie plus belle que jamais!... Marie plus digne d'être aimée!... puisque sa vertu a triomphé du piége presqu'infaillible qu'il lui avait tendu!... Poussée par un élan d'amour, elle tombe dans ses bras!... Le méchant la presse sur son cœur avec les transports qui n'appartiennent qu'aux âmes pures!... Marie est si heureuse, qu'elle s'oublie elle-même; elle ne se rappelle plus les instructions du vénérable Pasteur; mais son ombre gigantesque qu'elle aperçoit à travers les arbres dépouillés, vient raffermir sa mémoire fugitive... Le charme cesse, il lui semble que Satan la brûle!... elle s'arrache de ses bras!.. va s'asseoir sur un banc de gazon desséché, sourit au méchant, qui, interdit, va s'asseoir auprès d'elle; la pensée du bien s'éloigne de lui, il reprend ses funestes projets; Marie, dit-il, en dévorant de ses regards sa figure céleste: « Tu as lu l'histoire des hommes? — Oui, dit Marie en soupirant. — Eh bien! qu'en penses-tu? — Je pense qu'il en est de bons; et tant que je serai dans mon enveloppe mortelle, je ferai comme eux. Le moine apostat soupire à son tour, mais son soupir est infernal. — Tu t'es convaincue, dit-il, de l'incertitude de toute chose; rien n'est sûr, rien n'est vrai; tout est idéal, imaginaire, notre vie même est un problème, ton origine devient une illusion, tu n'es que la pauvre Marie.... elle l'interrompit vivement: — Si tout est incertitude pour les hommes, tout est vérité pour moi; la nuit, mon Père céleste remplit mes bosquets par sa présence, je jouis de ces divins entretiens; hélas! continua-t-elle, comment aurais-je pu supporter ton absence, vivre loin de toi, si je n'eusse

goûté les extases divines? ah! tu le sais, je ne t'en impose pas, tu les as goûtées toi-même, et si l'instinct infernal de ton père, ne t'en eût éloigné, tu les goûterais encore; mais la lune commence à blanchir, je vois les rayons qui deviennent lumineux; tout s'agite!... tout frémit autour de moi!.. je sens que Dieu s'approche!. tu peux, ô ange déchu! tu peux encore goûter le suprême bonheur!...
Marie tombe à genoux, lève ses bras et ses yeux vers l'astre des nuits; le méchant s'enfuit en grinçant des dents; eh! quoi! l'erreur la plus grossière me dérobera une conquête que j'estime plus que l'empire que j'ai sur la France!.. mais la volupté que je veux lui faire connaître, me vengera!... cette nuit Marie sera à moi!... Il appelle autour de lui des hommes et des femmes corrompus; on prépare une orgie; une jeune fille à séduire redouble l'horrible joie.
Cette débauche doit surpasser toutes les

autres ; Céoli envoya chercher la victime, au moment où ces cannibales ne gardaient plus de mesure. Sans doute, pensait le monstre, ces images porteront l'incendie dans ses sens ; moi-même entouré de l'appareil du libertinage, je serai plus hardi pour profaner cette Vierge. Marie vit tout ce que les sens les plus dépravés peuvent offrir de plus indécent !... elle frémissait d'horreur à cette bacchanale affreuse, son cœur s'étonna que l'homme pût s'avilir ainsi ; sa pensée resta pure.

Après trois heures de ce supplice, Céoli favorise sa fuite, afin de consommer son horrible dessein ; elle s'enfuit dans les bosquets. Il se présente devant elle, distillant de volupté !.. eh ! quoi, Marie, lui-dit-il, peux-tu te refuser au bonheur, au plaisir que Dieu même a créé ? viens dans mes bras !... viens goûter une volupté ineffable !... Il veut s'approcher de Marie, il veut tout oser, elle tend la main, il reste sans force, fixé à sa place ; retire-toi, s'écria Marie, esprit de séduction, ne m'approche pas, je te le défends !.. vas !.. continue ton langage imposteur !... il est sans effet sur moi !... Loth qui n'était qu'un homme, resta pur dans la ville de *Sodome* !... Pourquoi serais-je moins forte que lui ? Ah ! ce ne sont point ces plaisirs que Dieu a créés !... non ce n'est point cette volupté, échange d'amour, que Dieu confia à la première femme, pour adoucir le souvenir de sa faute et la dure pénitence de son époux ! Ce n'est point non plus les douces extases que je t'ai fait connaître. Céoli confondu baissa son front orgueilleux sur les pieds de Marie qu'il inonda de larmes brûlantes : ô mon Père, s'écrie la Vierge, sauve ce chérubin déchu, fais cesser tous les tourmens qu'il éprouve pour commettre le mal !...

Marie s'éloigne... ô puissance de l'innocence et de la beauté !... ô puissance

de la ferme volonté de faire le bien !....
Céoli reste couché, anéanti sur la terre, il broie avec fureur entre ses dents une rose échappée du sein de Marie.... Le lendemain il errait plein de rage dans ses vastes salons, il souffrait de la victoire que la vertu avait remportée sur lui!... il se sentait humilié, il découvre son horrible secret aux méchans qui l'entourent; tous sont d'accord qu'il faut effrayer Marie par la vue des prisons et des supplices dont il a droit d'user; quand elle connaîtra, disaient-ils, ton pouvoir et le néant de sa naissance, elle s'empressera de te plaire; jusques à présent, tu as flatté sa vanité, tu as comblé ses désirs, il faut qu'elle apprenne qu'elle peut tout perdre, tout, jusqu'à la vie. Dans son désespoir, le méchant adopte ce qu'on lui propose, il n'ose plus voir Marie seul; il ordonne qu'on la conduise au tribunal révolutionnaire, où il fut l'attendre. La pauvre Marie

obéit, l'infortunée se plaça sur un banc à côté du monstre. Quel spectacle s'offrit aux yeux de l'innocente fille ! Le jacobin assis sur un siége élevé, ses yeux étincelans de carnage, son bonnet rouge se soutenant à peine sur ses cheveux hérissés, sa bouche multipliant les sentences de mort, que ses dignes suppôts se hâtaient d'écrire ; les victimes présentes devant lui, fières de venir recevoir la mort, ne cherchaient pas à se défendre ; si elles faisaient entendre quelques mots, c'était comme autrefois les anciens martyrs, pour glorifier Dieu de mourir pour une si belle cause ; oui, disait une jeune et timide fille que le danger rendait courageuse, oui, j'ai cherché à sauver mon père des prisons, je suis heureuse de mourir ; et levant ses yeux pudiques sur les supplices qu'on lui préparait, elle semblait les désirer.

Un jeune homme sans daigner se justifier, déclarait au contraire tout ce qu'il avait fait pour faire rentrer en France sa pauvre mère. La France quoique souillée de crimes, était chère à son cœur ; elle avait osé tout braver pour revoir ses dieux pénates ; qui peut, s'écria ce fils généreux, qui peut oublier sa patrie ? hélas ! plus elle est battue par la tempête, plus elle doit nous trouver dévoués. Oh ! disait Marie, mon Père céleste ne permettra pas que cette tourmente dure long-temps !

Ensuite parurent deux époux courbés sous le poids de l'âge : « Qui vous a rendus assez hardis, cria Céoli, pour revenir en France ?—Le désir, répondirent-ils, de sauver nos enfans laissés fort jeunes dans des mains mercenaires ; hélas ! nous voulions les bénir et leur laisser le peu que nous avons sauvé, et puis aller mourir de douleur sur une terre hospitalière.—Traîtres à la patrie ! s'écrièrent les forcenés, vous irez à l'échafaud.

Ainsi passèrent successivement devant Marie, tous les âges, tous les sexes, tous les rangs, toutes les vertus!... Un tribunal féroce les envoyait à la mort!... Marie versait d'abondantes larmes, et cependant son cœur était fier de voir des hommes si courageux!...

Pendant que la physionomie de ces innocentes victimes portait l'empreinte de la paix résignée; celle des cannibales respirait le trouble des enfers; mais rien ne pouvait ternir la beauté du jacobin. L'auréole infernale qui couronnait son front, rendait sa beauté horriblement sublime!...

Marie en le regardant avec attention se confirmait de plus en plus que c'était l'ange dont elle devait opérer la rédemption; cette pensée soutenait son courage abattu.

Eh bien! lui disait Céoli, pendant que ses domestiques le dépouillaient de son costume sanguinaire, pour le revêtir d'habits plus décens, eh ! bien, tu vois quelle est ma puissance ?... ne veux-tu pas consentir à mes désirs ? si tu persistes dans ton inutile vertu, je puis te faire périr comme eux. Tu peux le faire, répondit la Fille de Dieu, toutes tes actions ne pourront que concourir à ta rédemption ; plus elle me coûtera cher, plus je serai digne des cieux. Là notre union divine se consommera aux doux concerts des millions d'anges qui peuplent le ciel !.. Ah ! quel sera ton bonheur quand tu goûteras ces torrens de volupté qui découlent d'un Dieu d'amour !... volupté pure et suave !... qui enfante et produit toutes les vertus !.... Céoli l'écoutait : ces douces paroles l'agitaient cruellement ; le trouble de son cœur se peignait énergiquement dans ses yeux ; il s'enfuit pour ne pas tomber à ses pieds, et alla plonger dans les fumées du vin son amour et ses remords ; chancelant sur ses jambes, l'imagination exaltée par ses imitateurs en cruauté, il fit ouvrir à Marie toutes les maisons d'arrêt, où gémissaient tant d'innocentes victimes !.... Un massacre venait de finir, Marie marchait dans le sang, elle bronchait à des cadavres écrasés !...

Une Héroïne a sauvé un infortuné, la généreuse Sombreuil tient son père dans ses bras; son œil égaré s'arrête sur Marie, elle sourit à cet ange d'innocence; Marie serre sa main convulsive sur son cœur : tu viens, dit-elle, de faire une action de courage, va ! nous serons plus fortes qu'eux, esprit infernal ! cria-t-elle au jacobin, éloigne d'ici ces victimes triomphantes; les horribles débris qui les entourent peuvent les faire mourir de frayeur. Le jacobin obéit, frémissant de rage, en voyant que tous ses efforts se tournaient contre lui-même : il ne pouvait se soustraire à l'ascendant que la Fille abandonnée exerçait sur lui.

Pendant plusieurs nuits, Marie parcourut avec lui les prisons ; partout elle vit la vertu et la résignation briller d'un saint éclat, tous regardaient sans effroi les fosses ouvertes pour les recevoir. Dans un cachot, Marie fut saisie de respect en voyant deux hommes prier, avec toute la ferveur que donne la résignation dans le malheur !... L'un portait sur le front le signe de son antique noblesse, l'autre à côté de lui, écrivain célèbre, traçait d'une main assurée une rétractation authentique de ses anciennes erreurs ; son air satisfait chassait loin de lui l'incertitude nébuleuse de l'incrédulité ! Marie s'arrêta près d'eux, écouta leur repentir, sourit au bien qu'allait faire à l'église la mort chrétienne de Laharpe ; elle lut dans les yeux de Châteaubriant la longue carrière qui lui était promise et le génie qui devait dicter ses écrits immortels. Marie sortit des prisons calme et résignée ! Eh ! quoi, lui dit le monstre, tout ce que tu as vu ne t'épouvante pas ? Non, dit Marie, car je n'ai vu que la

vertu. — Et ses fosses ouvertes dans les entrailles de la terre pour entasser les victimes que le couteau usé de ma vengeance n'a pas encore atteintes, tout cela ne te fait point frémir ?.. tu ne me crains pas ?..
—Te craindre !.. toi !.. quand je te vois chanceler sur tes pieds ! quand je t'ai vu tenir à peine la plume pour signer des arrêts de mort! Un seul de mes regards suffisait pour la rendre sous ta main plus pesante qu'une masse de plomb, une seule de mes paroles aurait suffi pour te faire délivrer toutes ces victimes, mais je ne l'ai pas voulu, parce que je les voyais triomphantes, transmettre à la postérité leur gloire immortelle. Qu'est-ce que la mort? qu'est-ce que le sacrifice d'une vie si brève, si triste, si lamentable, auprès de l'immortalité ? Eh! qui la mérite mieux que la vertu, qui n'est jamais plus belle, plus entraînante que lorsque le crime la persécute. Voilà donc, s'écria Céoli, à quoi a abouti tout ce que

j'ai fait pour réduire cette orgueilleuse créature ! Marie !... Fille abjecte !... sans naissance !... sans parens !... rebut de la société !... quel est donc ton ascendant sur moi !... dis, réponds !... ver de terre !... *Melchisedec* n'avait point de famille, répondit-elle fièrement, et cependant, il était prêtre royal de l'Éternel. —Cruelle Fille, pourquoi résistes-tu à mon amour ?...—Parce que le bien et le mal ne peuvent s'unir. —C'est une erreur mensongère que tu ne peux plus croire, depuis que tu as lu que la seule vérité qui existait parmi les hommes était l'incertitude. —Que m'importe la science créée par les mortels ; elle est incertaine comme eux ; elle fait une partie de leur malheur et de la juste punition que Dieu exerce sur eux ; mais ma science à moi, celle que je savais avant de te connaître, celle que j'ai apprise dès ma naissance, de mon Père céleste est la véritable science ; puisqu'elle a fait jusqu'à présent mon bonheur, qu'elle m'a rendue assez forte pour te résister, pour te faire trembler, c'est là la vraie science, c'est la seule et l'unique que je veux connaître. — Misérable, tu veux donc que je te fasse souffrir et mourir. — Si tu l'oses, tu le peux, je puis tout souffrir, puisque j'ai supporté d'être privée des extases d'amour, que je goûtais près de toi dans les bosquets harmoniques. Ici le souvenir de ces momens délicieux, pénétra Marie; elle fut au moment de défaillir, elle jeta sur le méchant un regard si suave, si rempli d'amour, que le cannibale tomba à ses pieds; pressé par de doux souvenirs et par les pensées malfaisantes du moment, il mordait la poussière et la rougissait de son sang. Au milieu de ses phrases d'amour, il mêlait des imprécations; c'était vraiment Lucifer forcé de louer la vertu; qui es-tu donc? criait-il, Fille étonnante, serais-tu vraiment d'une nature divine? faudra-t-il que je croie à la puissance de Dieu? quoi!... je croirais!.. moi, après avoir commis tant de crimes !... quel triomphe occasionnerait mon repentir auprès de ceux qui n'ont point commis le mal !... non !... non, je serai toujours incrédule !... afin de n'être point humilié !... humilié !.... je rampe, moi, chef suprême, aux pieds d'une fille sans nom !... ô rage !... moi !... devant qui plient tous les genoux, je suis prosterné aux siens !... moi !... qui tiens un roi captif, qui vois les larmes de toute sa famille, celles de toute la France, sans être touché !... je pleure, je tremble, devant une paysanne pauvre et ignorante !... Ecoute, continua le monstre en se relevant, écoute, tu crois peut-être que ceux que tu as vus gémir dans les prisons sont des gens de rien, que j'obéis à un Chef suprême, viens, et tu verras qui tu oses braver !... alors évitant le pouvoir de ses regards, il la saisit fortement par la main, il l'entraîne. Après avoir traversé quelques rues bourbeuses, il se trouve au pied d'une tour, entourée d'un ruban tricolore, signe trompeur d'une liberté promise, qui n'était qu'une licence effrénée, accordée à la canaille la plus vile et la plus abjecte !. Tu vois cette tour, dit Céoli, dont les murs tiennent si peu de place, ils renferment le plus grand, le meilleur des monarques; c'est moi, qui suis l'arbitre de sa destinée !... Marie frémit !... Ils montèrent l'escalier tortueux, des hommes d'une figure effroyable se courbent devant le moine, et s'empressent d'ouvrir d'énormes verroux, qu'ils referment dès qu'il eut passé, comme s'ils craignaient que leurs paisibles victimes leur échappassent. Le jacobin s'arrête devant une porte vitrée; voilà, lui dit-il, Louis XVI, Roi de France; Marie voit ce prince, les yeux levés vers le ciel; il sollicitait ce courage, cette résignation, dont il a donné tant de preuves. La paix qui règne sur son front auguste, est l'emblême de celle de son âme héroïque. La bougie à demi-éteinte, répand sur ses traits majestueux une teinte mélancolique, qui ajoute à l'horreur, qu'inspire sa position non méritée ; ah ! voilà un homme, dit avec feu Marie, voilà un homme digne de mon Père céleste !. digne de régner sur tous les mortels !.. Quelle âme parfaite anime ce corps !.. Dans ce moment Marie lève ses beaux yeux sur le cannibale, elle le voit trembler et détourner ses regards de l'illustre captif !. ah ! il était bien plus malheureux que ce noble prisonnier ! chancelant, il tombe sur un siège. ! Que de tourmens ! s'écrie Marie, pour faire le mal, malheureux que tu es !.... quelle est donc la puissance qui te fait agir et souffrir !..

Le monstre est hors d'état de répondre, il saisit la main de Marie et la serre fortement dans les siennes ; elle était si brûlante qu'elle fit sur elle l'effet d'un fer chaud : ah ! mon Dieu! dit Marie, en la repoussant, tous les feux de l'enfer sont dans ton cœur !.... Marie respecta la main de Dieu, qui frappait l'ange déchu, et porta toute son attention sur Louis !.... Elle ouvrit la porte vitrée et tombe aux genoux de l'auguste victime ; le monarque la reçut comme une vision consolante !..... sa pensée était dans les cieux !... la nuit donne un charme magique à tout ce qui nous entoure !... la beauté aérienne de Marie, la douce pitié de son regard annonçaient un ange de paix. Que voulez-vous, demanda le Roi, d'une voix pleine de bonté ?.... — Te soulager, dit Marie ; l'illusion de Louis se dissipa, il continua de l'interroger avec affabilité, « Comment avez-vous fait pour parvenir jusqu'ici ? — Un méchant m'y a conduite. — Un méchant ? Levez-vous, éloignez-vous ; il pourrait vous punir de votre pitié ; dans ce moment ce sentiment est un crime. — Ne crains rien pour moi,

Dieu l'a enchaîné à la porte ; elle lui montre de la main le jacobin dont les convulsions marquent assez les tourmens de son âme ; il souffre beaucoup, dit Louis avec compassion, il faudrait le soulager ?... Que de bonté ! répond Marie en pleurant, pourquoi faut-il que tant de vertus soient inconnues ? tu veux faire le bien à celui qui t'opprime? laisse-le souffrir; en le soulageant, en le rendant à la vie, il se livrerait au mal avec plus de force !... je suis attachée par une volonté suprême au sort de cet ange infernal ; je l'aime !... oui, je l'aime bien !... cependant je déteste ses crimes !... je hais sa nature odieuse !... vois comme ce malheureux est consumé de feux dévorans ! il m'a touché la main, il me l'a brûlée par la pression de son extatique et douloureuse souffrance. Depuis que j'ai perdu mon unique et vertueux protecteur, le bon Curé de Lordat, je n'ai vu que des méchans !...

d'après cela, juge du bien que j'éprouve près de toi !... Louis soupirait, il pensa que c'était une victime du cannibale.... Jeune infortunée ! lui dit-il, par quels accidens malheureux êtes-vous tombée dans leurs mains !.. Dieu, répondit vivement Marie, a voulu m'éprouver. Louis n'insista pas. Il y a un langage connu des cœurs souffrans qui ne permet pas une curiosité indiscrète. O mon Roi ! dit Marie, daigneras-tu m'expliquer tout ce que je vois ? jetée depuis peu dans un monde si nouveau pour moi. Pour moi ! qui n'ai jamais quitté le sommet des Pyrénées, tout m'étonne et m'épouvante. J'ai vu des miliers de victimes entassées dans les prisons. Presque tous ces malheureux sont forts et vigoureux, capables de briser les portes de leur cachot. La vertu d'ailleurs donne tant de courage !... Cependant il n'ont pas fait le moindre effort pour se soustraire au joug qui les opprimait. Ce n'était point pusillanimité de leur part . . . . non ; je les ai vus regarder d'un œil méprisant les fosses ouvertes pour les recevoir ! . . j'en ai vu d'autres qui, interrogés par des juges iniques, dédaignant les moyens de défenses, déclarer avec fierté les vertueuses actions qui devaient les conduire à l'échafaud ! toi-même enfin, monarque absolu, qui as toute la force, toute la puissance dans tes mains, comme tes sujets tu gémis dans les fers, et je te vois comme eux attendre la mort ! . . . ah ! s'écria douloureusement Louis, mon peuple souffre ! . . . il souffre plus que je ne croyais ! . . cependant j'ai tout fait pour son bonheur. Des abus pesaient sur lui, je l'en ai délivré, il m'a demandé la liberté, je la lui ai accordée. Cet acte de bonté et de justice a fait éclore une insolente insubordination. Il est donc une vérité cruelle que je ne puis me dissimuler, c'est que les meilleures intentions, les actions les plus saintes ont presque toujours un effet contraire à celui qu'on devait en attendre. Etre forcé de déplorer le bien que l'on fait, est l'enfer pour l'homme juste.. Ici Louis s'arrêta, sa voix fut étouffée par les sanglots de son cœur, ses regards fixés au Ciel invoquaient le Dieu de force. O mon roi ! s'écria Marie, ô toi auguste victime du malheur et de l'injustice, ne rejette pas l'appui d'une jeune fille, ne crains pas ma faiblesse !. Dieu est avec moi ; il me soutiendra dans cette sainte entreprise ; il me rendra forte contre tous les méchans !.. je te ferai sortir d'ici, je précèderai tes pas !.. je te ferai traverser la France !.... Dieu m'indiquera un lieu de sûreté où tu pourras habiter !... et, posant la main sur son cœur : oui, je sens là la volonté et le pouvoir de te sauver.

Louis sourit à ce noble dévouement ; il écoutait avec plaisir ce langage enthousiaste ; il trouvait dans Marie, le caractère, qui, jadis distinguait les Français ! Fille généreuse, je suis reconnaissant de votre sensibilité ; depuis longtemps je n'ai que les larmes et les désirs impuissans des serviteurs opprimés comme moi !... mais hélas !.. l'exécution de votre projet est impossible, vous avez vu les portes, les guichets, ils sont multipliés. — Je saurai les briser. — Et cet homme qui est à deux pas de nous pourrait nous voir, et la mort serait le prix de votre bon cœur. — Lui ! Je ne le crains pas, au nom de Dieu je le subjugue ; il marchera devant nous. — Non, je ne fuirai point, je ne le puis. — En restant ici tu sacrifies ta vie, en fuyant tu sauveras un crime aux Français. — Impossible que les méchans attentent à mes jours, je suis innocent. — Hélas ! ils ne respectent rien, je t'en conjure, suis mon désir. — Comment abondonner ces lieux ? là, sous ce plancher gémissent une épouse, des enfans et une sœur adorée. — Pourquoi ne pleurent-ils pas avec toi ?—Nos oppresseurs ne le veulent pas. —Ils ne le veulent pas ! répéta douloureusement Marie ; les puissans en méchanceté poussent le raffinement de la cruauté jusqu'au dernier dégré !.. Viens !.. je te conduirai dans les bras de ta famille, je vous sauverai tous !...

Le Roi ne résiste plus. L'espérance de serrer dans ses bras les objets de sa tendresse l'entraîne malgré lui. Marie heureuse se lève, prend le Monarque par la main et protège sa marche ; il passe devant Céoli qui fait un mouvement convulsif ; Louis frémit ! Marie tendit la main vers le cannibale : au nom de mon Père céleste, ne reprends point tes sens ! Ils arrivèrent bientôt devant la porte où gémissait la famille royale ; des soldats, des guichetiers voulurent s'opposer à leur entrée. Louis se repentit alors d'avoir suivi le mouvement de son cœur, d'avoir écouté une jeune fille peut-être insensée, mais sa crainte fut bientôt dissipée. D'une main, Marie écarte ces hommes farouches, d'une voix impérieuse, elle leur ordonne d'ouvrir ; ils la reconnaissent pour l'avoir vue avec le Chef suprême, ils s'inclinent et se hâtent de lui obéir, la porte s'ouvre ; Louis est dans les bras de sa famille ! O ! jouissances suaves et délicieuses des cœurs malheureux !... douleurs remplies de charmes ! qui donnez plus d'extension à tous les sentimens que la nature a mis en nous, vous fûtes savourées et goûtées par ces illustres prisonniers !

Marie les contemplait et jouissait de leur mutuelle félicité. Hélas ! pensait-elle, pourquoi l'ange déchu, ne peut-il goûter le même bonheur que moi ? Pourquoi est-il privé de tous les sentimens qui consolent l'homme de bien ? O vengeance terrible, d'un Dieu qui attache les tourmens les plus cruels au mal commis !... Marie donna un soupir à l'ange tombé et reporta toute son attention vers l'auguste famille ; elle s'approcha ; quelle est cette inconnue ? demanda la Reine, frappée de sa noble beauté ; c'est un ange, dit Louis, qui a protégé ma marche jusqu'ici ; oh ! oui, continua le Roi, avec toute l'expansion que lui donnait la joie de se retrouver avec sa famille, vous êtes vraiment l'envoyée des Cieux ! Tous les bras s'ouvrirent pour recevoir Marie ; Antoinette seule l'examine avec méfiance ; sans doute, lui dit-elle, vous êtes liée avec les méchans qui nous oppriment !. Si jeune ! si belle ! c'est dommage ! je vous plains ! je vous dois un instant de bonheur, jeune fille, puissiez-vous en recevoir la récompense. Marie se sentit humiliée des soupçons de la reine ; je ne suis point, dit elle avec fierté, je ne suis point liée avec ces méchans ; leur nature n'est point égale à la mienne qui suis la Fille de Dieu !... Un grand pouvoir m'a été donné sur le méchant qui gouverne la France, il est vrai que je souffre des épreuves où je suis condamnée. Mais je ne fais rien de contraire à ma divine origine, je puis vous sauver, venez-tous avec moi ; je vous ferai sortir de cette horrible prison, je vous conduirai hors de la France ; mon Père indiquera la retraite que vous devez habiter. Antoinette la regarda avec attendrissement, elle jugea que sa raison était dérangée et que l'on la laissait vaguer sans méfiance ; elle serra les mains de la jeune fille dans les siennes ; Marie continuait de les prier, de les conjurer de la suivre ; Élisabeth crédule, comme tous les cœurs bienfaisans, crut fermement dans ses promesses, écoutons là ! disait-elle ; o mon frère, suivons ses pas ! elle nous assure la liberté !... Pourquoi ne croirions-nous pas à ses paroles ? rien n'est impossible à Dieu !...n'a-t-il pas envoyé un ange pour briser les liens de saint Pierre ? n'a-t-il pas protégé Daniel dans la fosse aux lions ? délivré Élie de la fureur d'Acab ? *Jeanne-d'Arc* inspirée ne fut-elle pas envoyée pour sauver le trône de nos ancêtres ? C'est Dieu qui nous parle par la bouche de cette jeune fille ; il a fallu une puissance surnaturelle pour nous réunir ; voyez, si les méchans nous observent comme de coutume, s'ils osent approcher ! oh ! d'après cette preuve notre fuite n'est point une chimère ! elle est possible ! oui, je crois que c'est vraiment qu'elle est soutenue par Dieu !...

Élisabeth parlait avec toute la foi d'un cœur croyant ; Antoinette était ébranlée : l'espérance de sauver ses enfans, son époux, parlait puissamment à son cœur. Louis hésite encore, Marie voit l'incertitude de l'auguste famille, elle veut l'entraîner, elle prend l'enfant royal dans ses bras et franchit le seuil de la porte ; Élisabeth aux genoux de son frère, le conjure de suivre l'ange tutélaire, elle lui montre les premiers rayons du jour qui peuvent trahir leur fuite. Antoinette a déjà fait un pas !.... Le cannibal se présente !... ils sont tous terrifiés !.. l'enfant royal cache sa tête dans le sein de Marie qui seule reste calme et tranquille !.. Marie, dit Céoli d'une voix respectueuse, je vois ton dessein, tu ne peux l'exécuter ! laisse ces infortunés dans leurs chaînes ! Que je les laisse !.. cria Marie d'une voix exaltée ! que je les abandonne ? Non, jamais !... Il faut qu'ils soient sauvés !... il le faut, je le veux !.. Quelle honte pour la France ! quelle honte pour toi ! quelle honte pour l'humanité ! de faire gémir des innocens dans les chaînes ! Misérable, réponds-moi ! quel est leur crime ? je sais, dit le jacobin tremblant et pâlissant devant les illustres persécutés, je sais qu'ils ne sont point criminels, mais Marie, tu le vois, le jour paraît, leur présence dans Paris, pourrait provoquer une émeute ; tu pleurerais sans doute un dessein mal conçu. Notre présence ici dans ce moment est suspecte et pourra rendre tes projets inutiles, plus tard nous réussirons. Me le promets-tu ? dit vivement Marie.—Je te le jure.—Adieu donc dit-elle à la famille royale, ce jour heureux arrivera bientôt ! croyez-en à la parole de la fille de Dieu !

Élisabeth la reçut dans ses bras, et chacun tour-à-tour la serra sur son cœur !... Enfin Marie s'éloigne avec Céoli ; les illustres infortunés rentrèrent dans leur reretraite, saisis d'étonnement de ce qui venait de se passer, et espérant un meilleur avenir !... mais le temps détruisit cette consolante idée ; ils ne regardèrent plus cette nuit que comme une de ces visions célestes que le Ciel envoie pour relever le courage des infortunés. Ah ! sans doute, disait Élisabeth, le Ciel jaloux de son bien, a rappelé dans son sein cet ange bienfaisant !..

Pendant que Marie priait, son cœur bondissait de joie à l'idée de sauver les victimes royales, Céoli rempli de crainte et de rage, semblable au tigre d'Afrique, vieilli dans les déserts au milieu du carnage, et qui se trouve renfermé dans une cage de fer, les premières heures de sa détention sont terribles, il rougit les chaînes qui le tiennent captif et l'empêchent de dépleupler les forêts !... Tel le méchant errait dans ses vastes appartemens rongeant ses poings, frappant son front avec force, il s'indignait contre lui-même en pensant à la faiblesse qu'il venait de montrer; il voyait encore devant lui les victimes royales l'accuser par leur présence; il s'avouait en frémissant que l'amour qu'il avait pour Marie était la cause de la nuit humiliante qu'il avait passée; nuit, qui, peut-être, lui deviendrait fatale; on pouvait rendre suspecte sa présence à la tour.

Quel est donc ton ascendant? s'écriait-il; ô Marie! que je compromette pour toi ma puissance, et ma sûreté!.. N'aurais-je retiré de la poussière cette fille des champs, ne l'aurais-je élevée au rang qu'elle occupe, que pour dominer sur moi!... Mais je saurai te prouver que je puis encore briser le joug que tu m'imposes! Cette nuit décidera de ton sort, si tu me résistes, si tu me braves! tu mourras!... perfide!.... tu crois me subjuguer!... ta mort me vengera de ma faiblesse!....

Les cannibales s'aperçurent de l'agitation de leur chef, ses sanguinaires réflexions se dessinaient sur sont front, ses regards distillaient le sang, ils sont impatiens d'apprendre quel nouveau crime vient d'éclore dans l'imagination de leur maître, ils n'osent l'interroger; Céoli garde un farouche silence! il ne peut se dissimuler qu'il restera encore plus d'une fois, sans force devant l'invincible Marie, il veut néanmoins relever son courage en buvant des vins spiritueux et des liqueurs fortes ; la tête bien montée , il se décide à aller trouver Marie, il se lève, et marche précipitamment ; mais la Fille de Dieu, impatiente de lui faire tenir sa promesse, se présente devant lui , l'action qu'elle médite lui donne un air divin ! Les crèpes dont elle s'est enveloppée pour déguiser sa marche nocturne , relèvent l'éclat de sa beauté !... En la voyant les cannibales jettent des cris d'admiration ; Céoli pâlit de crainte et d'amour. A sa vue il ne sent que sa faiblesse, il tendit ses bras vers elle , sa bouche balbutia : ô Fille d'amour !.. viens sur mon cœur !.. et il retomba sans force sur son siège ; je viens, dit Marie d'une voix imposante , et sans s'apercevoir de ce qui se passait autour d'elle , je viens te sommer de tenir la parole que tu m'as donnée , Céoli frémit qu'elle ne le compromît en parlant de ce qui s'était passé la nuit précédente , il se hâta de lui dire : Rien n'est préparé, mais demain...Demain? répéta vivement Marie, c'est trop tard pour faire le bien! viens!... guide mes pas vers la tour sacrée. Impossible, impossible, s'écria Céoli hors de lui-même en faisant un signe impératif pour qu'elle s'éloigne. Marie ne l'écoute pas: je te l'ordonne, lui dit-elle d'une voix solemnelle, au nom de mon Père céleste, de sauver Louis et sa famille. Sauver Louis! s'écrièrent les cannibales, serais-tu un traître? A cette apostrophe, le jacobin reprit sa féroce fierté: si vous osiez le croire, cria-t-il d'une voix terrible, vous le voyez, cette fille est folle; et qui sait, s'écrièrent les monstres, si sous l'apparence de la folie, elle n'est point influencée! Qu'elle nomme ses complices, que nous fassions à la république un hécatombe de ces traîtres!.. parle!... ou si tu continues à te taire, tu paieras de ta tête ton silence criminel!.. La Fille de Dieu, dit Marie, d'une voix calme, ignore ce que c'est que des complices, des traîtres à la patrie, à la république!. J'ai vu le juste dans les fers, et je veux que le juste soit sauvé!.... Vous le voyez, dit tout bas le jacobin, que la vue de Marie rendait tout à son amour, et qui tremblait pour ses jours; vous le voyez, sa tête est tout-à-fait dérangée. Tu sais bien que non, dit Marie, d'un ton méprisant; ne crois pas sous ce faux prétexte, éluder ta parole, et vous, dit-elle aux cannibales, vous, qui accomplissez le mal sous les ordres de ce démon, vous viendrez avec nous à la tour sacrée, vous contribuerez aussi à la fuite de l'auguste famille. Marie! Marie! cria le jacobin, tu te perds!... Qu'importe? reprit-elle, pourvu que je sauve les innocens couronnés!... Ah! la vie est si peu de chose!... il n'est pénible de la quitter que pour le méchant. Les satellites se taisaient et ne pouvaient se défendre d'être subjugués par la beauté et la voix de Marie.

Céoli profita de ce moment pour la détourner de son projet.

Marie l'écoutait avec indignation, elle l'interrompit avec feu : méchant, lui dit-elle, pense-tu me mentir ainsi, pourquoi veux-tu me détourner de faire le bien? cessons une discussion qui outrage l'humanité, conduis-moi dans la tour sacrée, viens me voir briser les chaînes de ces illustres victimes! tu ne peux me refuser, oh! j'en suis sûre!.. tu n'as point oublié ce tableau de la grandeur souffrante et résignée!... je sens encore sur mon sein le souffle du royal enfant, il embrase mon sang, il anime et redouble mon courage ; je me sens celui de te supplier; résisteras-tu à la Fille de Dieu prosternée à tes pieds? Marie fondait en larmes, élevait les bras vers Céoli. Que sa douleur la rendait intéressante! Jamais le jacobin n'avait été aussi vivement touché, l'amour parlait puissamment dans son cœur en faveur de Marie, il allait céder, lorsqu'un cannibale entra accompagné d'une troupe de satellites; la voilà, la voilà, s'écria-t-il, elle est aux pieds du traître, ils conspirent, ils veulent sauver Louis; à cette interpellation, Céoli furieux se jette sur le fusil de l'un des soldats, en arrache la bayonnette et en poignarde le dénonciateur. Périssent, s'écria-t-il, en jettant l'arme sanglante au millieu de la foule, périssent tous les hommes traîtres à la république en accusant la vie du peuple !

Son audace meurtrière en impose, la foule applaudit avec transport, et le porte en triomphe dans le comité; ainsi dans cette lutte de destruction, ces loups dévorans en faisant périr sous leurs dents meurtrières tous les bons Français, se dévoraient aussi entr'eux. Marie avait fui cette scène d'horreur, elle erra long-temps dans les rues de Paris, qui lui étaient totalement inconnues; elle voulait aller à la tour du temple, et délivrer la malheureuse famille; remplie de confiance en Dieu, elle ne doutait pas un instant que son Père céleste ne la conduisît près de ces infortunés; lorsqu'effectivement après une longue course, elle se trouva au pied de la tour, elle la reconnaît, se prosterne, et prie avec ferveur que Dieu ouvre les portes devant elle.

Les sentinelles l'aperçurent, sa posture donna des soupçons, on s'empara d'elle, et on la conduisit devant le chef subalterne qui était au poste. — Qui es-tu? lui demanda-t-il d'une voix enrouée. — Je suis la Fille de Dieu. — Écrivez, espion fanatique, envoyée par la cour de Rome. — Que faisais-tu à cette heure indue, ainsi prosternée? — Je priais mon Père céleste d'ouvrir les portes de la tour. — Écrivez conspiratrice. Qui t'a envoyée? — Mon cœur. — Écrivez, envoyée par Pitt. Donne-nous ton or, tes papiers. — Je n'ai rien. — Écrivez, qu'elle nie. Quels sont tes complices en France?

—Je ne connais personne.—Elle persiste à nier, qu'on la conduise en prison jusqu'à nouvel ordre.

Marie fut mise dans un cachot, son espérance ne s'affaiblit pas; elle loua Dieu et s'endormit paisiblement.

Le jacobin au milieu de tous les gens de son parti, leur avait dénoncé le complot formé contre sa vie, et la punition du coupable; l'on vantait son courage et l'on célébrait par mille louanges une victoire à la république, lorsque ses hommages furent interrompus par celui qui avait arrêté Marie; il se présente devant eux, et déclare que la patrie était en danger, qu'il venait d'arrêter une femme d'extraction noble, qui avait été envoyée par Pitt, pour sauver la famille des Capets; Céoli frémit, il ne douta pas que ce ne fût Marie, il trembla pour la vie de la jeune imprudente, il trembla aussi pour lui-même; elle devait être reconnue pour l'objet chéri de sa tendresse Il la connaissait assez pour être persuadé qu'elle n'hésiterait point à dire qu'il lui avait promis de sauver Louis, c'en était assez pour se perdre avec elle, son agitation était au comble. Un ambitieux, envieux de son pouvoir, profite de son trouble, pour mettre au jour la conversation qui avait eu lieu entre Marie et lui, et dont il avait pris note; il fait circuler la dénonciation, le papier passe de main en main, et réveille les soupçons, le tumulte et le brouhaha, sont les précurseurs de la perte de Céoli, il voit qu'il faut qu'il sacrifie tout pour se maintenir, il n'hésite pas, il monte à la tribune et déclare traître à la patrie la douce et généreuse Marie. Il ordonne qu'elle paraîtra le lendemain à la pointe du jour devant le tribunal révolutionnaire, et qu'elle sera jugée en toute rigueur; les paroles du méchant et son assurance calmèrent l'effervescence des esprits; l'assemblée se sépare. Céoli de retour chez lui, se jette dans un fauteuil, accablé, harassé par la cruelle nuit qu'il vient de passer, ses yeux s'arrêtent sur le portrait de Marie, elle était costumée comme la première fois qu'il l'avait vue, elle lisait d'un air attendri la lettre du bon Curé à ses paysans, elle tenait dans ses bras la croix de cuivre ; le peintre avait saisi parfaitement son air inspiré, et sa physionomie prophétique. Cette vue si chère, réveille dans le cœur de Céoli, tout l'amour que la crainte de sa déchéance avait chassé. Il s'élance vers l'image chérie, il lui prodigue les paroles les plus tendres, il se rappelle les momens heureux qu'il a passés auprès d'elle, momens d'une vertueuse volupté et d'une suave ivresse, hélas!.... C'est le seul bonheur qu'il ait jamais goûté. Ces doux souvenirs sont interrompus par l'affreuse pensée que Marie gémit en prison et que lui-même a rivé ses chaînes, cette idée le terrifie, un tremblement convulsif l'agite : j'irai, s'écria-t-il, j'irai la voir, je la supplierai, au nom de l'amour qu'elle a pour moi, de laisser briser ses fers, si elle me repousse, je lui dévoilerai sa frêle existence, elle ne pourra rejetter cette cruelle vérité, elle saura qu'elle n'a que moi pour protecteur, et que mon abandon peut la conduire à l'échafaud; oui, je l'espère, elle se rendra à mes vœux, nous quitterons la France, je renoncerai à toute ma puissance, elle me coûte si cher! et dans les déserts de l'Amérique je pourrais encore être heureux avec celle que j'aime. Céoli se présente à la porte de la prison, le géôlier lui ouvre. Marie dormait encore paisiblement, la tête appuyée sur une pierre; cette vue mit le comble à son attendrissement, il pose sa lanterne, s'agenouille et la contemple avec ravissement. Couverte de ces crèpes, ses superbes cheveux blonds retombaient et couvraient son sein virginal, dans cet état on l'eût prise pour l'ange de la mélancolie, méditant sur le tombeau de la vie. Quels transports cette vue fit passer dans le cœur de Céoli! ses battemens sont si violens, qu'ils éveillent Marie, ses yeux étincelans l'éblouissent et lui font baisser ses belles paupières, elle fait un geste comme pour l'éloigner; Marie, Marie dit le méchant, d'une voix étouffée, tu me repousses. — Que me veux tu? dit Marie. — Te sauver, — Tu veux donc aussi briser les fers de l'auguste famille? — Abandonne cette idée chimérique, son exécution est impossible, écoute la vérité; je te la dois, il est temps que je détruise une erreur que je croyais favorable à mon amour. Marie, tu n'es point la Fille de Dieu, je ne suis point le fils de Lucifer, tu n'es qu'une pauvre enfant abandonnée, dont la naissance est impure, et que la société repousse à jamais de son sein; tu n'as que moi pour protecteur, pour appui. — Ah! dit Marie, tes paroles ne sont qu'un tissu de mensonges. Si je ne suis point la Fille de Dieu, pourquoi n'ai-je point comme le commun des hommes un père, une mère? Voudrais-tu me faire croire à un crime impossible? Les animaux abandonnent-ils leurs petits? non, à plus forte raison, les créatures de Dieu? — Détrompe-toi de cette idée si pure, si digne de ton cœur; les hommes sont capables de manquer à ce vœu inné de la nature! Écoute-moi.... Alors Céoli lui parla, avec tant d'éloquence, que Marie fut convaincue de sa triste destinée. Elle s'assit sur la pierre humide et fondit en larmes; Céoli espéra alors de la faire céder à ses désirs. Il lui parla long-temps le langage de la séduction, mais Marie ne l'écoutait pas; son âme abattue, ses tristes pensées, la faiblesse de son corps ne lui prouvaient que trop qu'elle n'était qu'une simple mortelle. Son silence persuadait Céoli qu'elle était sensible à son amour, il aurait peut-être osé être téméraire ; il aurait profané la fille des Pyrennées si les premiers rayons du jours, et la présence du geôlier ne l'eussent averti que l'assemblée des méchans, qui devaient décider du sort de Marie, n'attendait plus que sa présence : il quitte à regret la triste Marie ; ce qui adoucit l'amertume de son éloignement, c'est l'espoir de la sauver !.. C'est l'espoir d'être heureux !.. C'est l'espoir qu'elle couronnera enfin son amour !.. En se retirant il ordonne au géolier et à sa fille d'achever de déterminer Marie. Annette était habituée depuis long-temps à cet infâme métier, et par sa voix bien des victimes avaient échappé à l'échafaud pour se livrer à l'infamie. Des monceaux d'or, dit Céoli, si elle est favorable à mes voeux ; si elle les méprise, la mort vous attend; en finissant ces mots, il s'éloigne. Le geôlier ordonne à sa fille d'obéir au Chef suprême; Annette soupire et s'achemine vers le cachot, la présence de Marie, ses larmes, sa beauté, la vertu qui brillait sur son front, la frappent de respect; elle n'ose approcher, elle n'ose parler; d'ailleurs, son cœur n'était point corrompu, il n'était qu'égaré! Marie lève les yeux sur elle, sa physionomie douce lui parle en sa faveur: approche, lui dit-elle, tu viens sans doute adoucir mon malheur!.... Annette ne put répondre. - Ne crains pas, je ne sais que souffrir; et lui prenant la main: non, tu ne peux être une créature malfaisante, ta figure n'est point trompeuse, elle annonce la bonté, la candeur. Annette baissa son front humilié, et à travers mille sanglots, elle lui avoua sa coupable mission!.... Va, console-toi, je n'aurai point succombé, je te pardonne!.... Laisse-moi me préparer à mourir!......

Marie s'agenouilla sur la pierre, et les bras élevés vers le ciel, elle s'écria:

O toi ! mon Dieu que j'ai cru si long-temps mon père, toi ! qui pendant quinze ans as fait ma gloire, maintenant que je suis déçue de cette idée si chère, qu'un amour indigne dévore mon cœur, que je ne puis pas faire le bien que je voudrais, fais-moi mourir; ah ! si j'avais pu sauver ces illustres victimes ! mais hélas ! pauvre Marie, cette idée consolante ne viendra point adoucir tes derniers momens.

Annette, qui l'avait écoutée avec attention fut frappée de ces dernières paroles, elle fait une exclamation joyeuse : Fille du malheur, dit-elle, il est un coin de terre choisi par des gens d'honneur qui combattent vaillamment pour la cause du trône; autrefois une fille a sauvé la France; suis-moi et sois une seconde *Jeanne d'Arc*. Ce projet plaît à Marie, l'espoir chasse loin d'elle toutes ses douleurs, elle se lève vivement, partons, dit-elle, sois mon ange tutélaire.

Annette la conduisit dans sa petite chambre, la revêtit des habits de son frère, prit quelques pièces d'or. Elles sortirent heureusement de la prison sans avoir été aperçues. Elles furent bientôt hors de Paris sur la route de la Vendée. Ah ! s'écria Annette, puisse cette bonne action réparer toutes mes fautes ! . . . Elles voyagèrent ainsi pendant huit nuits, et le jour elles se cachèrent dans les bois ; elles fortifiaient leur courage par le souvenir des actions dévouées, des femmes que l'histoire honore.

Le projet de sauver Louis redoublait leur force, l'élan de leur âme allait jusqu'à l'exaltation. Elles ne doutaient de rien, enfin elles mirent les pieds sur la terre sacrée ; le soleil qui se levait éclairait le plus beau et le plus lamentable des spectacles ; un champ de bataille s'offrit à leur vue, il était jonché de français, des cabanes en feu, des châteaux démolis, des familles désolées, tels furent les prémiers objets qui frappèrent les yeux de Marie ; respirant à peine, elle s'appuya contre un arbre, et malgré l'horreur que lui inspiraient ces tableaux déchirans, elle ne pouvait en détourner les yeux. Elle admirait et enviait le sort des héros de l'honneur français; sur leur front décolorés par la mort, respirait encore le courage; le sang noir et caillé, qui bordait leur blessure, fit circuler dans celui de Marie un feu inconnu jusqu'alors, elle prend une arme, la considère; cette vue fait naître dans son cœur l'amour des combats!... un coup de canon qu'elle entend dans le lointain, augmente sa fermentation, elle se sent la force de donner et de recevoir la mort.

Un paysan conduisit les deux jeunes filles jusques aux avant postes; de-là, elle fut présentée au général auquel Marie déclara son sexe et ses intentions, on se rappelle *Jeanne d'Arc*, tous les officiers se pressent autour d'elle, ils espèrent qu'elle ramènera la victoire dans leur armée, ils écoutent avec le plus profond attendrissement tout ce qu'elle leur dit de Louis. Leurs sanglots répondent aux siens : la fille des Pyrennées saisie d'un saint enthousiasme ne leur parle plus que de la gloire qui les attend ; ils n'en doutent pas, son air inspiré et prophétique les a convaincus. Quelques jours après, on combat, Marie fait des prodiges de valeur, les chevaliers français se surpassent ; cette bataille fut suivie de plusieurs autres, mais hélas ! aucun succès ne couronna cette noble entreprise, Marie n'eut aucun triomphe à célébrer, elle n'eut que des larmes à essuyer, des revers à pleurer ; dans un dernier combat, Marie reçut une blessure cruelle qui déchira son sein. Couverte de sang et de poussière elle se traîna jusqu'à la porte d'un château qui dominait les bords de la mer.

Expirante, elle frappe ; à peine a-t-elle

la force de se nommer, elle tombe évanouie aux pieds de la dame du lieu, qui, touchée de la plus tendre compassion lui fait prodiguer tous les soins possibles; le nom et le courage de Marie lui sont connus. Annette adoucit par sa présence le chagrin amer de Marie, de n'avoir pu réussir dans son entreprise.

Bientôt la fille courageuse est parfaitement rétablie, sa noble cicatrice ajoute à sa beauté la marque éclatante du courage... Bientôt elle pourra combattre.

Le 2 février, jour de la fête de la Reine des Anges, Marie veut aller lui rendre grâces de sa convalescence dans une petite chapelle qui se trouvait située au bout des trois terrases qui bordaient le château. Avant de quitter son appartement, Marie répare dans un bain salutaire ses membres roidis par les combats et la souffrance; Annette peigne et inonde de parfums ses superbes cheveux qu'un peigne d'écaille contient à peine sur sa tête, elle la revêt ensuite d'une robe de deuil, car maintenant tout est amertume pour elle dans la vie; elle enveloppe son sein déchiré d'une écharpe de la couleur royale; hélas !... elle est aussi la couleur du deuil !... Marie la baise et soupire, elle ne veut pas que la douce Annette la suive; j'ai besoin, lui dit-elle, de me trouver seule avec mon Dieu. J'ai là, continua-t-elle, en montrant sa tête et son cœur, un tumulte d'idées que j'ai besoin d'éclaircir par une méditation solitaire.

Marie descend dans le parc, elle précède le lever de l'aurore, la nature est dans cette monotonie compagne inséparable des jours d'hiver. Un ciel grisâtre ajoute à cette triste parure, ce spectacle achève de flétrir le cœur de Marie Elle parcourt d'un pas chancelant les vastes jardins, rien ne parle à son âme, Marie porte dans son sein l'incertitude plus cruelle que la mort !... l'incertitude mille fois plus vorace que le vautour de *Prométée* ! . . . sa pensée erre machinalement sur le présent, sur le passé ; pauvre Marie ! se demande-t-elle, qui es-tu ? Es-tu la Fille de Dieu ? Es-tu la fille des hommes ? . . . Si ta naissance est comme celle du commun des mortels, où est ta mère ? ta famille, ta fortune ? . . . Si tu es la Fille de Dieu, où est ta foi, ton zèle, tes extases ? . . . Ah ! tout est aride chez moi, mon imagination seule m'abreuve d'inutiles souvenirs ! . . . Que sont devenues ces belles années de ma vie ! que j'ai passées sous le sommet des Pyrennées !... Hélas ! à peine en suis-je séparée de quelques mois, et déjà il me semble que des siècles m'en éloignent ! . . . Douces et chères erreurs, vous faisiez mon bonheur ! vous faisiez de moi un être animé, et maintenant je ne suis plus rien, car je n'ai plus de foi, je n'ai plus d'espérance ! . . . Au milieu de cet anéantissement moral, elle trouve au fond de son cœur un souffle brûlant de l'amour que lui inspire l'affreux Céoli ; des larmes d'indignation et de honte s'échappent de ses yeux. Elle double le pas comme pour fuir un sentiment si infâme ; poursuivie par cette affreuse idée, elle erra longtemps, elle se trouva enfin sur la terrasse qui domine la mer, elle promena ses yeux fatigués de larmes sur cette image de l'éternité ; une douce émotion vint remplacer ses funestes pensées, en saluant l'astre des cieux sortant du sein de l'onde. Sa présence anime toute la nature ; cette magnifique vue relève son âme abattue qui reprend son énergie, sa poitrine brisée par ses soupirs se calme ; Marie admire et espère ! elle se prosterne et prie !... Au charme divin que produisent les œuvres de Dieu, sa pensée s'élance au-delà des cieux et s'abîme dans l'infini !... La douce erreur qui l'avait bercée si longtemps vient de nouveau enflammer son imagination, elle lève ses bras vers son

Père céleste avec toute sa foi première !... Ange terrestre ! elle se livre à tout l'enthousiasme d'une extatique vision !... Elle entend le doux prélude des Séraphins ! moment délicieux !... Marie n'es plus une mortelle, elle savourait la félicité des cieux !... lorsque des soupirs la ramènent vers la terre, elle soupire aussi ! Elle se panche sur la balustrade de la terrasse et voit deux hommes dont l'un tirait quelques sons mélancoliques de sa guitarre, l'autre lisait avec attendrissement la liste des braves morts au champ d'honneur ; hélas ! s'écriait-il, voilà donc les appuis du trône qui ont péri !... Que restera-t-il ? ô Fils de saint Louis ; mon prince, dit l'autre inconnu, en cessant ses accords, rien ne peut, rien ne doit abattre le courage des Bourbons; Dieu qui vous a donné le trône saura bien vous le rendre. Ah ! dit le Prince, pourquoi faut-il que ses marches soient arrosées du sang de tant de braves. Que n'ai-je pu mourir avec ces chevaliers de l'honneur français, mais je ne puis venir sur ces bords désolés qu'en fugitif, et pour tremper de mes pleurs leurs inutiles lauriers. Marie reconnaît un Bourbon. Elle lit sur son front et dans ses yeux les mêmes sentimens qui animaient l'infortuné Louis XVI. Elle descend l'escalier avec rapidité, et se précipite aux pieds du prince. Je suis Marie, s'écria-t-elle, en découvrant sa blessure ; le prince baise cette cicatrice avec respect : généreuse fille, lui dit-il, en la relevant, ta présence, tes actions dont le récit glorieux est venu jusques à moi, consolent mon cœur affligé; tu vois devant toi l'infortuné Berry. Oh ! dit Marie, avec âme, en portant la main sur son cœur, je sens là, pour une éternité de bonheur et de courage. Marie s'arrête un instant, ses yeux errent autour d'elle, son front s'anime et semble se couronner d'une auréole prophétique ; elle prend la main du prince qu'elle serre dans les siennes, tu la verras cette belle France, objet de tes désirs; le trône de tes pères sera rétabli plus ferme que jamais, tes enfans en couvriront les marches, le peuple les gardera avec tendresse, il fera des vœux pour ta postérité; dans ce moment la physionomie de Marie se décompose, elle recule comme si la terre s'ouvrait devant elle, elle jette un cri d'horreur: comme si elle voyait une ombre terrible sortir du gouffre; sa douloureuse pensée s'égare dans le vague de l'avenir, elle le voit affreux, ces mots incohérens s'échappent de sa bouche: France, France malheureuse, que ton destin est cruel de porter dans ton sein l'hydre monstrueux des enfers! sa tête sera écrasée, mais son cœur vénimeux battra toujours dans celui des méchans! Berry! Berry! détourne tes yeux de ta patrie, ne porte plus tes pensées et tes désirs vers ce royaume infecté!...... O rives désolées, grotte profonde, je veux que vos échos retentissent de mes clameurs, de mes cris lamentables !... Je vois la couronne de cyprès qui ceint le tombeau des Bourbons, s'agrandir pour entourer le cercueil d'un jeune guerrier qui vient joindre sa cendre à la leur.

Marie épuisée cessa de parler. Le prince et son digne compagnon restent frappés de ces paroles, rien ne pourra m'empêcher, dit l'infortuné Berry, de revenir dans ma patrie, dussé-je y trouver la mort. Mourir ! mourir ! balbutia Marie ; et tous trois restèrent dans cet accablement de l'âme qui précède ou suit les violentes émotions.

Tout-à-coup, Marie voit flotter au-dessus de la terrasse des panaches tricolores. Une sueur brûlante baigne son front. Fuyez, mon prince, de grâce ; fuyez, c'est lui, c'est lui !.. Je sens des frissons ; des angoisses qui m'annoncent que c'est le cruel Céoli ; une troupe meurtrière l'accompagne, vous péririez sans gloire, éloignez-vous. Déjà le brave Laferronnay avait sifflé et un léger esquif s'approche du rivage pour recevoir le prince : il n'a que le temps de presser Marie sur son cœur en lui disant : Noble Fille, ton dévouement mériterait une récompense, mais hélas ! dépouillé, fugitif, proscrit, que puis-je t'offrir ? Prend cette fleur de lys, qu'elle te rappelle que l'infortuné Berry regrette moins le trône que la gloire, qu'il pleure moins sur ses malheurs que sur ceux des Français ; en finissant ces mots, il s'élance dans le frêle batelet, et des mariniers robustes l'eurent bientôt éloigné du rivage. A peine Marie l'a-t-elle perdu de vue, qu'elle sent une pression brûlante sur son épaule, elle lève les yeux et voit **Céoli** plus horriblement beau que jamais ! ses yeux étincelans électrisent Marie, un regard d'amour s'échappe des siens : elle ne peut résister à tant d'émotion ; elle tombe sans connaissance sur le rivage, le jacobin est encore près de sa proie !.. Qui pourrait exprimer sa joie !.. d'avoir retrouvé l'idole de son cœur ! Cette Marie tant aimée ! il dévore des yeux cet ange de beauté : il est si absorbé dans son amour qu'il ne s'aperçoit pas qu'elle se meurt. Tantôt il baise ses cheveux qui couvraient les sables du rivage ; tantôt il se livre à des éclats bruyans d une fougueuse joie ! ou bien à la sensibilité la plus expansive ; dans son délire, il oublie l'empire, sa puissance, et le danger de sa position.

Il retronve enfin la parole : Marie, Marie, disait-il avec passion, âme de ma vie, je te revois enfin ; pourquoi m'as-tu fui ? as-tu pu croire que je voulais te faire mourir ? tu sais bien que je donnerais mille vies pour prolonger une heure de la tienne : tu sais bien que toi seule peux me faire supporter le fardeau de mes crimes : ah ! pour toi j'ai abandonné ma puissance ; maintenant que je t'ai retrouvée, après tant de recherches qui pourra t'arracher de mes bras ? tourne je t'en supplie tes beaux yeux sur moi, que je voye encore les cieux ouverts dans ton regard d'amour ! Marie, Marie, je t'en conjure, prends pitié de moi. Ces paroles frappent seules l'écho du rivage, Marie est toujours mourante.

Enfin, un long soupir annonce qu'elle revient à la vie, le voile qui obscurcit sa vue se dissipe, elle voit Céoli, son cœur bat et d'ivresse et d'horreur ; cependant avec quel transport elle revoit ces beaux traits, cette noble physionomie ! oubliant tout, elle se livre au bonheur de le revoir, mais le tableau déchirant de l'auguste famille, le malheur d'un jeune Bourbon, se retracent à sa mémoire, elle se soulève sur la grève humide, dis-moi, Céoli, viens-tu me chercher pour que j'aille avec toi délivrer les illustres captifs ? le souvenir de son régicide déchire son âme, il baisse sa tête criminelle et le remords écrit sur son front, dévoile à Marie l'affreuse vérité ; un cri déchirant s'échappe de son sein, et surmontant sa faiblesse, elle se lève, elle parcourt le rivage en invoquant sur la tête du méchant, qui la suit en rampant, les vengeances du Ciel. Elle s'arrête à la place où elle a vu le prince ; c'est ici, s'écria-t elle en sanglottant, que j'ai vu le brave des braves, cet endroit est sacré, puisse-t-il me défendre contre l'indigne amour qui dévore mon cœur ! Pourquoi ne l'ai-je éprouvé que pour ce qu'il y a de plus méchant, de plus vil sur la terre ? Retire-toi, va, fuis loin de moi ! Ton amour m'outrage, ta présence m'est odieuse, l'air que tu respire s'infecte autour de moi et répand un venin contagieux. Cruelle Marie, dit Céoli, pourquoi ments-tu à ton cœur ? tu m'aimes ; livre-toi à ce sentiment délicieux qui fera notre bonheur. Hélas !.. dit Marie, avec douleur, il n'est que trop vrai !..

Je t'aime!.. Cet amour me dévore!.... Mais je saurai lui résister?... Tes vices s'élèvent comme une barrière formidable entre toi et moi!.. Pourquoi as-tu détruit ma chère et douce illusion?.. Avec elle je pouvais t'aimer sans rougir...... Maintenant que je ne suis plus que la pauvre Marie, je saurai mourir avant que de m'oublier assez pour répondre à ton amour. — Tu me braves, Marie? — Je te méprise! — Tu sais, dit le méchant que je puis t'écraser comme un vermisseau. — Je le sais, et je te supplie de m'accorder la mort, ce bienfait effacera tout ce que tu m'as fait souffrir. — Tu vivras, dit Céoli, les yeux animés d'amour et de fureur, en la secouant fortement par le bras. Tu vivras, mais tu vivras pour l'infamie! — Je mourrai, je mourrai! et jamais l'infortunée Marie n'avait senti tant d'amour pour Céoli, son cœur s'élançait vers lui, elle allait succomber et tomber dans ses bras, mais sa vertu triomphe. Elle s'élance au milieu des nombreux soldats qui avaient accompagné Céoli, elle crie, vive le Roi, vive les Bourbons, périsse la république; l'intrépide fille parcourt les rangs, en répétant ce cri sacré. Ce cri tombe comme une masse sur le cœur du jacobin, malheureuse, s'écria-t-il, tu te pers et tu me perds avec toi. Dans ce moment un envoyé extraordinaire se présente devant lui et lui remit un ordre foudroyant, émané de la convention, de venir rendre compte de sa conduite. Il était déclaré suspect et déchu du rang suprême; le monstre frémit de rage, sa puissance qu'il avait méprisée pour Marie, lui devient chère au moment qu'elle va lui échapper. Il ordonne son départ, fait charger de chaînes la Fille généreuse et l'amène à sa suite; il court nuit et jour, et rentre dans Paris aussi furieux que Satan, lorsqu'il revient dans les enfers n'ayant pu faire sur la terre tout le mal qu'il aurait voulu ; il assemble à l'instant le terrible comité, et entouré d'une soldatesque effrénée, il demande qui ose l'accuser. On lui demande compte de son voyage dans la Vendée. — Voilà la coupable ! répond le tigre, il détourne les yeux, il craint que sa vue lui rende sa faiblesse, la voilà, je vous la livre. — Qu'elle meure s'écrièrent les cannibales, son arrêt de mort est signé. Marie se lève, ses habits déchirés, ses cheveux en désordre. Les pesantes chaînes, qui meurtrissent ses membres, ajoutent à sa beauté toute la pompe du malheur, elle s'avance au milieu de l'affreux tribunal, elle promène sur l'assemblée ses beaux yeux dont les regards purs et sereins, la font trembler. Marie leur dit avec une voix solennelle, j'accepte la mort avec reconnaissance ; Céoli s'enfuit, un instant de plus, il tombait à ses pieds! On livre la victime au bourreau, elle monte fièrement sur la fatale charette, quelques lanternes dont un épais brouillard cachait la lumière, éclairaient à peine cette marche funèbre ; la vierge les yeux élevés vers le Ciel, serrant sur son cœur la fleur de lys sacrée, ressemble plutôt à une reine qui fait son entrée triomphale; qu'à une victime, qui marche à la mort.

Le triste cortège passe devant la tour du temple, cette vue fait couler les larmes de Marie, malgré la pesanteur de ses chaînes elle tend les bras vers la prison des rois, et semble invoquer le courage des royales victimes et donner un regret à l'auguste orpheline destinée à survivre à tant de malheurs ; on arrive au lieu du supplice, Marie monte d'un pied ferme sur l'échaffaud : dans ce moment la lune perçait l'épais brouillard, Marie voit devant elle toute la campagne éclairée de ses rayons vaccillans, elle soupire et cette vue lui rappelle le hameau des montagnes, berceau de son enfance, et les nuits des bosquets !... Placée entre ces souvenirs et l'échafaud, elle oublie qu'elle doit mourir, et sa pensée s'égare dans le passé. Pensée !... étincelle que la divinité a placée dans nous comme inséparable de notre âme, quelle est donc ta force qui nous fait surmonter l'horreur de notre destruction. Le bruit sinistre du glaive qu'aiguise le bourreau, retire Marie de ces douces réflexions, elle jette un regard douloureux sur le couteau fatal, son âme presque chancelante frémit !... son courage l'abandonne, elle prie pour se fortifier, et Dieu exauce sa prière; ce fut son dernier moment de faiblesse, son âme reprend son énergie, toutes ses facultés morales quittent la terre et s'élancent dans les cieux, elle est déjà dans le sein de l'éternel !... Que peut regretter Marie, tout n'a-t-il pas été amertume pour elle, doit-elle aussi désirer commencer une éternité de paix. Le bourreau détache lentement ses chaînes, les larmes coulent dans ses yeux inhabiles à pleurer : celui qui ne respecte rien n'ose toucher cette victime pure, elle relève elle-même ses beaux cheveux, et dégage son cou de l'écharpe. Avant de courber sa tête, elle dit au bourreau : Porte à celui qui ordonne ma mort, ma dernière prière, que mon corps soit donné à la douce Annette, qu'aucune main profane ne le touche, dis-lui aussi que je lui pardonne, que je le supplie de cesser de ravager la France, que mon sang soit le dernier qui coule sur cette terre désolée. La victime s'agenouille, elle voit à côté d'elle l'ombre consolante du vieux pasteur de Lordat, ce protecteur de son enfance, lui montre les cieux ouverts. La fille de Dieu adresse au vénérable pasteur une confession digne des anges ; l'ombre la bénit et remonte lentement, vers sa demeure céleste, Marie courbe sa tête sous le glaive, deux fois le bourreau porte sa main tremblante sur le couteau fatal, et deux fois il hésite à trancher le cours d'une si belle vie ; enfin la hache tombe et Marie a vécu ! . . . . .

A peine cette superbe tête est-elle tombée que Céoli arrive pour arracher Marie à la mort, il la demande à grands cris, le bourreau saisi de l'horrible fonction qu'il vient de remplir, ne peut répondre, et de la main lui montre ce corps pâle et sanglant ; Céoli reste comme frappé de la foudre et tombe sans connaissance ; on le transporte chez lui, il ne revient à la vie que pour se livrer à la douloureuse fureur des méchans, son délire est au comble, il demande Marie, on s'empresse de lui obéir, on dépose sur un lit ses superbes dépouilles de Marie, Annette lave et parfume son corps, on le revêt d'une robe éclatante de blancheur, sa belle tête est appliquée sur son cou et la cruelle blessure est cachée par des chaînes de diamans, une couronne de roses blanches orne sont front virginal et un voile transparent recouvre la victime ! Le moine insensé dans son affreux délire, errant dans ses appartemens se trouve devant ce lit de mort qui ressemble à un lit nuptial ; son imagination égarée le trompe ; il oublie la cruelle catastrophe !... Il sourit d'amour ! il tombe à genoux, il prend la main de Marie, le feu qui dévore les siennes l'empêche de sentir le froid mortel de cette belle main à laquelle la mort ajoute une nouvelle blancheur !..... il adresse à sa victime les paroles du plus tendre amour !.... Il s'étonne de son silence, il la regarde !.... Elle semble lui sourire ; Eh ! quoi ! s'écria-t-il, d'une voix tremblante, eh quoi ! Marie m'écoute sans colère ! elle me sourit !.... énivré de bonheur, il pose sa main sur le cœur de Marie !.... il croit que ce cœur inanimé bat avec violence !.... Au comble du délire, il lève le voile transparent, il ose serrer avec force dans ses bras homicides la victime innocente ; au moment où sa bouche impure va profaner le sein virginal de la Fille des montagnes, il aperçoit la fleur de lys !.... qui semble jeter un éclat plus vif; il est ébloui !.... Cette vue accumule sur son cœur tous ses crimes !.... Il fait un mouvement brusque et convulsif; la tête se détache !... elle roule avec fracas sur le plancher !.... Le cannibal jette un horrible cri, et fuit ce spectacle d'horreur qui le rend à la raison, emportant dans son cœur toutes les furies de l'enfer ! Ce n'est plus un homme; il quitte Paris; il arrive dans un port de mer, arme une frégate, s'embarque et abandonne pour jamais la France ! va, dit-il au pilote, cours les mers, et ne t'arrête que pour les besoins les plus urgens !....

Nouvel Oreste, il parcourt pendant un an, le vaste Océan; le calme des mers est troublé par son affreux délire! les nuits, les tristes nuits le livrent à des transports horribles !.... les monstres marins s'enfuient épouvantés !.... les furies vengeresses déchirent son sein !... les ombres des victimes qu'il a immolées se présentent tour à tour devant ses yeux ; elles sont innombrables, celles des Carmes,..... de l'abbaye,..... des provinces,.... et l'auguste famille ; ce pardon que l'ombre royale accorde est son plus affreux supplice ; et Marie est toujours là, escortée de toutes ces mânes révérées. Il la voyait tantôt comme il la trouva dans les montagnes, tantôt l'énivrant d'amour dans les bosquets solitaires...., Ces souvenirs déchirants redoublaient son délire, tour à tour il lui adressait des paroles d'amour, ou l'accablait de cruels reproches, et poursuivait cet ombre idéal le poignard à la main ; quand il croyait avoir consommé son crime, il se roulait sur le pont, mordait la grève qu'il couvrait d'une écume de sang.

L'équipage fatigué de ses clameurs et de ses fureurs nocturnes, se décida à l'abandonner dans une île déserte. A peine ce parti fut-il pris que l'île de *Cabrera* se présenta à leurs yeux, le jacobin y fut jeté; on espéra que la mort délivrerait bientôt la terre de ce monstre !..... Céoli, la terreur de la France, n'osa résister à quelques matelots; il baissa son front criminel devant eux, et s'enfonça sur cette terre aride !... après avoir fatigué de ses sinistres hurlemens et de ses affreux blasphêmes les échos solitaires; étonnés de se voir pour la première fois aussi honteusement troublés, il expira dans les angoisses de la faim la plus cruelle !....

Ainsi périssent tous les jacobins ! Vampires exécrables !... seuls ennemis de la France et des Bourbons, et qui déchirent sans cesse le sein qui les nourrit et qui leur pardonne !.....

FIN.

www.ingramcontent.com/pod-product-compliance
Ingram Content Group UK Ltd.
Pitfield, Milton Keynes, MK11 3LW, UK
UKHW031901260826
14628UKWH00002B/910

9 782019 246617